suhrkamp taschenbuch 5381

W0395420

Arno Schmidts Debüt erregte 1949 Aufsehen: Mit großer Sprachmacht präsentiert sich ein unbekannter Autor, der sich nicht scheut, über den Krieg zu schreiben. In der Titelerzählung *Leviathan* treiben die letzten Kriegstage eine Schar Verlorener in einem Güterwaggon zusammen. Die einen glauben noch an einen rettenden Gott, die anderen an die Fügung des Schicksals. Die Flucht vor der Front endet aussichtslos auf einer zerstörten Brücke.

Die verzweifelten Versuche, aus der bösartigen Welt der Menschen zu entkommen, prägen auch die beiden anderen Stücke des Bandes, *Gadir* und *Enthymesis*. Der eine Erzähler träumt sich aus dem Gefängnis, der andere imaginiert die Welt als eine Fläche – weil man sie dann verlassen könnte, wenn man nur lange genug wandert.

ARNO SCHMIDT wurde am 18. Januar 1914 in Hamburg geboren. Nach seiner Entlassung aus englischer Kriegsgefangenschaft arbeitete er zunächst als Dolmetscher, von 1947 an als freier Schriftsteller. 1958 zog er mit seiner Frau Alice nach Bargfeld (Kreis Celle), wo er bis zu seinem Tod zurückgezogen lebte. Arno Schmidt starb am 3. Juni 1979 in Celle. Zwei Jahre nach seinem Tod gründeten seine Frau Alice Schmidt und Jan Philipp Reemtsma die Arno Schmidt Stiftung (www.arno-schmidt-stiftung.de).

Weitere Titel von Arno Schmidt im suhrkamp taschenbuch: *Schwarze Spiegel* (st 5270), *Seelandschaft mit Pocahontas* (st 5271), *Kühe in Halbtrauer* (st 5272), *KAFF auch MARE CRISIUM* (st 5273), *Brand's Haide* (st 5331), *Aus dem Leben eines Fauns* (st 5332), *Die Gelehrtenrepublik* (st 5333), *»Es gibt keine Seligkeit ohne Bücher«*, hg. von Bernd Rauschenbach (st 5334), *Das steinerne Herz* (st 5380), *Die Umsiedler* (st 5382)

Arno Schmidt
Leviathan

Erzählungen

Suhrkamp

Die Erstausgabe erschien 1949
im Rowohlt Verlag, Hamburg.

Erste Auflage 2024
suhrkamp taschenbuch 5381
© 2021 Arno Schmidt Stiftung, Bargfeld
Alle Rechte vorbehalten. Wir behalten uns
auch eine Nutzung des Werks für Text und
Data Mining im Sinne von § 44b UrhG vor.
Umschlagfoto: Arno Schmidt
Gestaltung, Satz: Friedrich Forssman
Druck und Bindung: CPI books GmbH, Leck
Dieses Buch wurde klimaneutral produziert.
climatepartner.com/14438-2110-1001
Printed in Germany
ISBN 978-3-518-47381-8

www.suhrkamp.de

Gadir oder
Erkenne dich selbst

52 Jahre 118 Tage
Zuerst pfiff der Eine. – Als sie das nächste Mal vorbeischlenderten, war dasselbe näselnder Gesang : »Oh, Fräulein Mirjam : wenn ich mit Ihnen tanz' – tz tz, tz tz ...«, der Rest Lautmalerei, Schnalzen und Ft Ft; der Andre, wohl Ältere, lachte knurrig. – Schöner Mond; was man zur Hand nimmt ist aus Silber.
Postenwechsel war grade unter meinem Fenstergitter; man fragte : »Was Neues vom Krieg – ?« (Es ist also Krieg irgendwo); gleichgültiges Gebrumm. –
Später : Karthago und Rom. Rom, Rom, Rom : das war doch der Mittelstaat, mit dem Massilia ab und zu Handelsverträge schloß, und der damals vorsichtigerweise auch eine Gesandtschaft an den Entdeckerjüngling Alexander sandte. (Wenn den selbst die Intellektuellen immer entzückt preisen, weil er weiter nach Osten, über den Ganges, weiter, wollte – ins Unendliche, sagen sie, und nehmen ihn gar noch als Galionsfigur für reines wissenschaftliches Streben! Dabei wußte er genau von Aristoteles, daß die Ökumene gleich hinter dem Ganges zu Ende sei, und hatte ganz real und heroisch kalt sein Ziel ins Endliche, nämlich in deren Beherrschung, gesteckt. Er war resolut und brutal, volkstümlich unbeherrscht : Kenner der Massenlenkung; auch Feldherr und persönlich tapfer, sogar Zeussohn, gewiß; aber das sind Vorzüge dritten Grades. Alexanderkult ist allenfalls Zwanzigjährigen verzeihlich; später wird man dadurch verdächtig; hinsichtlich Urteilskraft oder Charakter. Gilt auch für den Sohn des Ariston.) – Scheint hauptsächlich um Sizilien zu gehen; es schallt so verworren in den Mauern, und das ewige auf Zehenspitzen auf dem Tisch Stehen ermüdet scheußlich. Gleich ein paar Übungen gemacht : ich fühle mich doch noch recht kräftig (trotz Brot und Wasser und gesiebter Luft); bis zur Insel könnt' ich noch schwimmen; klar.
Gegen Morgen
Wieder Sizilien; ach, laß sie quatschen.

52, 119

Ungesundes Wetter, Brodem aus See und Lagune. Kam bis in die Zelle, in der ich mich fröstelnd wand. In der Jahreszeit ist eine Decke zu wenig.

Später

Zahlmeister Mago rasselte am Schieber, kommandierte : »Abschreiben, Alter!« und warf ein Bündel Rechnungen und Briefe herein : dazu bin ich gut, weil ich auch schön phönizisch schreiben kann. Meine mathematischen und geometrischen Hefte nehmen sie mir regelmäßig weg und schicken sie nach Karthago ein, »ob was Brauchbares drin ist« – No, so lern' ich wenigstens die Namen aller Dörfer und ihrer Bauern in der Umgegend, kenne sogar ihren Viehstand; das wird mir mal bei meiner Flucht sehr nützen (die Fensterstäbe sind Weicheisen; müßten mit jedem Stahlnagel, wenn auch langsam, durchzufeilen sein. Und ich muß doch noch einmal hinaus!) – Die Hunde! Seit zweiundfünfzig Jahren halten sie mich hier eingesperrt, weil es mir damals gelungen war, mich als Matrose auf ihre Schiffe zu schmuggeln und zweimal nach Norden zu fahren; Thule, Basilia, Abalus, Mentonomon. – Diesen kommerziellen Schuften ist die Kugelgestalt der Erde natürlich gleichgültig, da das auf ihren Warenabsatz ja keinerlei Einfluß hat – ich werde den Schweinen doch einmal geheimnisvoll Andeutungen über neue Ökumenen im Südmeer hinwerfen; oder wie man, ständig nach Westen steuernd, den Ostrand der unsrigen erreichen könnte : Indien! Und wer denkt da nicht an Gewürze, Gold, Profitchen? – Gute Seefahrer sind sie, brilliante Techniker, erfolgreiche; aber die Technokraten werden einst die Welt zugrunde richten – !

Also schön

kopieren wir (wie einst im Thargelion bei Gryphius, Massilia, Berufs- und Sportkleidung). Ob der alte Sophron noch lebt, und Stier Nikolaos; und Direktor Oikandros : brutal, kalt, rundherum glatt gebildet, dabei das seelen- und charakterloseste Reptil, das je die Embleme aller herrschenden Parteien trug – wenn ich ihn sehen mußte, fielen mir grundsätzlich leere runde Zimmer ein, blicklos nickende Vogelköpfe, und das Wort Hausenblase; so habe ich noch keinen wieder verachtet.

Mittag

Eben fertig; habe aber noch zwei Kopien zur Tarnung vor mir liegen –

Ist heiß geworden; der See blitzt blau und weiß. Was muß das für ein brüllendes Ungeheuer sein, dort oben am Himmel, das die riesige Erde so zum Glühen bringt; und doch wollte Eudoxos von Knidos in seiner Nähe wohnen, um seine Natur zu ergründen. – Wenn Euch später einmal jemand fragen sollte, was den griechischen Geist vor dem barbarischen auszeichnete, dann erzählt ihm das. Und daß ich, Pytheas von Massilia, seit einem Halbjahrhundert hier in Fort Chebar bei Gadir dörre, weil ich den Norden der Erde sehen mußte! Und ich gebe Euch mein Wort darauf: ich werde ihn noch einmal sehen!! Ich werde, und wenn ich fünftausend Jahre alt werden muß, um Euch Säue zu überleben; und keine Gelegenheit zur Flucht wird mir entgehen; keine Gelegenheit; keine Gelegenheit!! (Die zwei Stückchen Brot liegen noch im Versteck – ich war gleich aufgesprungen und hatte nachgesehen – und die Decke in zehn Streifen gerissen macht einen Strick; es fehlt nur eine Feile, oder ein – ach, irgendein Stahlscherben – verflucht. –)

Kalt ist es (mir jedenfalls; denn ich fröstelte).

Gleich danach

War eingenickt (ist eigentlich sonst auch nicht bei mir üblich); natürlich bei Gryphius im Kontor; Agathon, die Bauernlerge, faselte etwas von hundert blauen Tüchern für Emporium, und ›Lieferungsrückständen‹, und ich strich den Auftrag mechanisch von meiner Karte ab (war Lagerbuchhalter damals). – Am schönsten war die scharfe kühle Sommermorgenluft im Traum, alle Gegenstände klar mit weinigen reinen Schatten – so etwas sieht man nur als Jüngling.

Nachmittags

Morgen ist Bekleidungsempfang (kriegte ’s reingerufen); das heißt seit drei Jahren wieder einmal Verlassen der Zelle, den bekannten

Weg in die Kammer, zehn Minuten Musterung, und wieder zurück. – Immerhin; vielleicht kann ich dochmal irgend etwas finden. Zumindest wieder einmal neue Bilder.
Himmel glutblau und scheußlich wolkenlos (lieber ein Himmel ohne Götter als ohne Wolken!).
Nachts
Lange wach gelegen (bin wohl aufgeregt wegen morgen). – Man müßte doch aus der Länge der Finsternisse ohne weiteres die Größenmaße im Sonnensystem ableiten können : Die längsten Mondfinsternisse dauern so dreieinhalb Stunden; da nun der Mond täglich um etwa zwölf Grad zurückbleibt, macht das für besagte dreieinhalb Stunden etwa eineinhalb Grad, das heißt aber, daß der Erdschatten an dieser Stelle drei Vollmondbreiten Durchmesser hat. Da wir bei der unverhältnismäßig großen Sonnenentfernung nun den Erdschatten als dort ungefähr gleich (etwas kleiner in der Tat!) dem Erddurchmesser annehmen können, heißt das weiterhin, daß der Monddurchmesser etwa ein Drittel des Erddurchmessers mißt, also rund zwei Myriaden Stadien. Da wir ihn unter einhalb Grad scheinbarer Größe sehen, ist seine Entfernung folglich um zweihundertfünfzig Myriaden Stadien, usw., usw. – All dies läßt die seltsamsten Schlüsse auf unsere räumliche Situation zu; die Sonne ist mindestens hundertmal soweit weg, manche Planeten noch mehr; die Fixsterne entziehen sich jeder Vermutung. Manche leuchten zornig rot, manche hausenblau; Algol im Perseus verändert periodisch seine Helligkeit : immer im gleichen Takt. Wir wissen noch viel zu wenig; so viel aber steht fest, daß in unsäglichen Raumtiefen die fürchterlichen Feuerdrachen stehen, Flammenzungen schwengeln sesamgroß (welch Wort!), Feuerfäuste rasen dröhnend auf Glutbrüste – – nicht dran denken, nicht; wir sind verloren. –
Noch Nacht
Banaler Traumfetzen : Ein kleiner spitzäugiger Mann im hellbraunen Kegelmantel, rechte Gesichtshälfte glasig vernarbt, hielt mir mürrisch ein Paar Holzschuhe hin. (Natürlich veranlaßt durch die

Ankündigung); aber oft ist grade an solchen Sachen das meiste Wahres; früher ist es mir zuweilen geschehen, daß sich eben solche Lappalien genau erfüllten. Denn es gibt tatsächlich ein Vorhersehen im Traum; woraus andererseits sofort folgt, daß die Zukunft genau festliegt, jede Einzelheit; das heißt aber, daß es keinen freien Willen gibt, das heißt letztlich, daß eine begrenzte (allerdings sehr große) Anzahl Elemente sich nach ganz festliegenden Regeln kombiniert, eine Entwicklung, welche wir (eines ihrer Teilchen) nur feststellen und beschreiben können. –
Gegen Morgen etwas Fieber; – nicht gut! –
52, 120
Morgen vergeht; Vormittag; bin unruhig (verständlich, wenn man nur alle tausend Tage seine vier Wände verläßt, wie?). Gegen Mittag tobte eine grell gelb und braun geflammte Hornisse durchs Gitterfenster, schwang sich bogig wild und sinnlos : kleinfingerlang war das Unwesen! (Hab sie bald totgeschlagen; hinter ihr her gegangen, kalt und lauernd wie ein Schicksal.) Ich hasse Insekten mit einem Urhaß; als Kind hat es mich manchmal vor Wut geschüttelt, wenn ich junis im Hain ging, still stand, und oben in den duldenden Baumkronen das flüsternde Gefräß von Chiliaden Wurmkiefern hörte, es schlich, bohrte, sägte, saugte; Wespen stießen biegsame Klingen in bäumende Raupenleiber : dann schmatzte Wurm in Wurm. Als Knaben zogen wir tief aus den Riffen vorm Hafen Lakydon einen schwarzen Fisch, der war nur ein schwimmendes Raffmaul, zahnumstarrt. Seitdem weiß ich : Güte ist ein Widernatürliches, Widergöttliches (auch Widermenschliches wohl : ein ligurischer Söldner erzählte mir mal, oben, im Norden, wären Völker, die schnitten gefangenen Feinden beiderseits am Rückgrat herunter die Rippenspangen durch und rissen dann den noch Lebenden die Lungenflügel raus; ›den Blutaar ritzen‹ nennen sie das! – Und denkt ja nicht, das wäre nur im Norden so. Menschen und Götter können sich die Hand reichen; sind einander würdig.).
Der Wärter
Bekleidungstausch erst morgen – – verflucht! –

Am Nachmittag ziehen Wolken auf; von Nordwesten her. – Herodot ist das beste Beispiel, wie selbst große, tief gebildete, umfassende Geister lächerlich irren können, wenn ihnen die naturwissenschaftliche – vor allem mathematische – Bildung fehlt. Da hatte er etwas von der Rotundität der Erde vernommen, wie sie Pythagoras, Thales, Anaximandros schon vor Jahrhunderten gelehrt und bewiesen hatten – und er versteht dies nur von unserer Ökumene! Meint, es solle heißen, daß diese als kreisrunde Scheibe auf dem Okeanos schwimme, und macht dagegen natürlich auf Grund seiner guten und ausgedehnten topographischen Kenntnisse Front; beweist triumphierend die Falschheit solcher Ansicht, und – stößt ins Leere damit! – Er hatte nichts davon verstanden; das ist immer ein betrübliches Schauspiel und wird noch oft begegnen. Schade. Heiße dürre Stirn; die Hände schwächlich faul und heiß. Will zeitig schlafen gehn.

Wind rüttelt mich aus tiefer Nacht

Goldmond brennt auf am Festungsturm; in Märchenfernen reist ein Sturm, zaust und zaubert. Ich trage Krüge weinbelaubt; der Wein schwatzt innen laut. Mond reitet an mit Söldnerstern : das rasche Heer verbirgt sich gern hoch in Wolken. Die wilde Wolkeninsel steht mit Pässen, die kein Mensch begeht, und schroffen Silberklippen. Mond landet im Wacholdermeer; die kleine Stadt schläft hell und leer hoch im Bergland. Ich steige leicht wie Wind empor, zum Wolkenwald durch Wolkentor; weiß nicht, wie meine Spur verlor. Ich wandre mit der Wolke. – –

Ja; denkste!

52, 121

Grauhelle, und alle Sterne gehen aus wie Lampen. – Hab' einen Mund Wasser geschluckt; mir ist schlecht (vor Aufregung?)

Da

die Riegel klappen!! – Schnell Heft verstecken –

Zurück

Ich zittere am ganzen Leibe; ich ...

Ich muß mich erst hinlegen (die Hand auf : es ist noch da! Zu wieder.).

Ich möchte rasen wie unterm Thyrsos; jetzt noch eine Woche, Quatsch : vier Tage, drei vielleicht – Oh!!

Nachmittag

Nur den gewöhnlichen Alltagstrott nachahmen; keine Veränderung. Arbeiten werde ich nur im Dunkeln können; das heißt also am Tage schlafen. –

Schammai schloß auf (war noch fetter geworden), maulte faul : »Lebst immer noch, alter Sack? Was Du uns so kostest ...!« Wies hinaus mit Hand und Kopf und pfiff einladend. Ich tappte matt (um ja nicht zu rüstig zu erscheinen); der lange düstere Gang (siebzehn Schritte); die kalte Vorhalle; im rechten Winkel nach links (acht Schritte); da war die Tür. Er pufften mich hinein : drei Mann musterten mich feindselig; ich kannte davon nur Mago, den Intendanten, der am Tisch vor seinem Bestandsbuch lümmelte. Der große Hagere schien Arzt zu sein; faßte verächtlich mit Spitzfingern nach meinem Puls, drückte dann die buschigen Brauen, horchte, fragte kurz : »Alter?«, drehte bei »achtundneunzig« die Augen zu Mago, der unmerklich nickte. Hand auf die Stirn (heiß, wie, mein Sohn?); er umging mich, legte das dicke Ohr zwischen meine Schulterblätter, und ich atmete mechanisch tiefer. Murmeln mit Mago; dann bog er angewidert den Mund und sagte : »Braucht nichts. Krepiert in acht Tagen.« »Mm – 'n Paar Sohlen –«, brummte M. empfehlend, und wies nach hinten : da stand vor mir ein kleiner Mann, flink, mit hellbraunem Kegelmantel, wandte den Fuchskopf – siehe da : die breite glänzende Narbe vom Ohr bis zum Quermaul. Er bückte sich beamtenhaft sorgfältig – – da sah ich es! Dicht vor mir lag auf den Fliesen des Fußbodens ein kleiner stählerner Halbmond, wie ihn die Soldaten auf ihren Ledersandalen tragen, abgeschliffen, aber hell und hart glänzend. Er schlenkerte mir die Holzschuhe hin, ich bückte mich kunstvoll und verwirrend, haschte den einen, griff kreisend nach dem anderen und fühlte schon das kühle gebogene Metall zwischen den Fingern, stolperte hinaus – (zurück hab' ich die Schritte nicht mehr gezählt. – Überflüssige Anmerkung nebenbei).

Eine Stunde später
Er ist noch ausgezeichnet : messerrückenstark, daumenlang und exzellent gehärtet. Ich werde beide Stäbe erst einmal unten durchkratzen und sie dann hochzubiegen versuchen. Erst wenn das nicht geht, auch oben. – Ordentlich Fieber und mein Herz trommelt : zuerst muß ich zur Insel schwimmen, das sind schätzungsweise fünfzehn bis zwanzig Stadien, also zwei bis drei Stunden – aber ich fühle mich doch noch kräftig, habe neulich erst Kniebeugen gemacht. Da sind zwei Gehöfte, also müssen auch Kähne da sein; einen genommen und rüber zum festen Lande, – und so weiter, und so weiter. –
Am besten wär's, wenn ich jetzt schlafen könnte.
Abends
Kann nicht schlafen, kann nicht schlafen. Endlos diese Dämmerung!
Bilder fliehen augenentlang, alle von links nach rechts und hurtig bewegt : Kornwogen, massiv und grell golden; rollende Wagenzüge; Alalagmos aus klaffenden Soldatenmündern; hasten Wasserschäume; endlosgrün gleitet Brettannikes Küste am Backbord; schrien wir Jünglinge nicht »Tod den Timuchi« unterm stämmigen Mond? –
So fühlte ich die Haut meiner Hände, wenn ich betrunken war, stumpf und angenehm lau, und immer noch kein Stern im grauen Geweite. – Schön : ziehn wir noch ein Weilchen mit den Flatterwolkenstreifen.
Nacht
und Eisen zwischen unermüdlichen Fingern : es geht! Langsam, gewiß; aber es geht (und ich kann ja nur in den paar Minuten feilen, wenn die nächtliche Runde fern ist; sobald ich den bummelnden Doppelschritt höre, muß ich aussetzen. Daumen und Zeiger sind schon roh und blasig, aber ich komme weiter!).
Unten (Pause)
Als junger Mensch hing mir der Mond wie eine Frucht mit schaumiger Seidenschale und schartigem Silberkern in den Wein-

ranken. Jetzt liegt eine glasige Lichtlache inmitten der Zelle : die müßte rund sein, dann flösse ich wie auf einer Eisscholle in schwarzer Unendlichkeit, blitzschnell umgetrieben, der letzte Mensch (oder der erste : was wäre unangenehmer?) – Wieder auf den Tisch und weiter!

Phosphoros erscheint auf der Spitze des Berges Mathos

Ein

Stab

ist

durch –

52, 122

Zwei Stunden in die Decke gewickelt; dann, um kein Aufsehen zu machen, an den Tisch gesetzt. Kopf in der Hand (Kugelstoßen). – Werde versuchen, noch ein Stück Brot aufzusparen; hoffentlich wird die Pfote bis Abend wieder einigermaßen heil und brauchbar (oder ich muß eben links kratzen, eigentlich kein Problem, wie?). Habe in die ›offiziellen‹ Hefte rasch ein paar Formeln gekritzelt, über Navigation auf dem Großkreise usw. (die wollen immer ›angewandte‹ Wissenschaften : auch ein Kennzeichen des barbarischen Geistes). – Nun, ich will nicht ungerecht sein : wenn ich das Schicksal meines Buches vom Periodos bedenke –. Dem Verleger war's zu lang; dem zu kühn in seinen philosophischen Folgerungen (hatte auch was Weniges wider die Staatsreligion vorgebracht); der hatte grade wenig Papyros; der wollte nur die Stellen vom höchsten Norden als milesisches Märchen für seine Sensationsleser ausziehen (und war begeistert : Einfluß des Mondes auf die Bewegungen des Weltmeeres! Sowas hätte er schon immer gesucht!) – da hab' ich Diagoras noch eine Abschrift für sich machen lassen, ›Erste und einzige Auflage in zwei Exemplaren‹, und dann mein Unheil noch einmal zu Gadir versucht. – Wird wohl nicht groß auf die Nachwelt kommen, der Periodos; ist auch egal; es gibt ohnehin schon mehr Bücher als Augen, sie zu lesen.

Schiebergeklapper

Ah, Wasser mit Gechstenbrot. Dazu immer frische Luft und frei

Licht am Tage. (Nun, nicht lange mehr!) – das heißt, mancher wäre noch froh darüber (mein Vater, zum Beispiel, beim Strategenkorps in Massilia, mahnte ständig : den meisten ginge ’s noch viel schlechter! Sah er mich Schnellwachsenden hungrig essen, blies er angewidert und empört : »Du wirst Dir mal später Deinen Balg nicht ernähren können!« – Aber er vertat zwei Drittel seines Gehaltes in Hafenbudiken mit Hetären fünften Ranges. Ach, meine Eltern – Eltern überhaupt; das ist auch so ein Kapitel!).

Zur Zeit ein Gefühl, als perle mir Eiswasser über den wächsernen Rücken; ich bin viel zu aufgeregt (ist ja zwar kein Wunder). Auch das Gefasel der Wächter ist heut widerlich schrill und laut; blökendes Volk. Hoffentlich hält der Deckenstrick, wenn ich zehn Streifen mache; acht wäre wohl sicherer bei dem dünnen Lappen, aber die Außenmauer zum See ist auch mindestens dreißig Fuß hoch; im Notfall muß ich halt noch meinen Kittel dazu nehmen. –

Werde doch ein wenig essen; ich brauche viel Energie für’s Kommende (vor allem für’s Warten jetzt – und das Sonnenschwein suhlt sich faul im fladigen Wolkenmoor!! Fiele mir nur ein Fluch ein, der Dich auslöschte : in Thule wußte ein Nordbarbar das Wort ›Skramasax‹, irrheidnisch und kreischend; ob ich’s versuche? – – – Da! Wie Hände wischt es im Dunst – weg! – Ph!).

Haßerfüllt

Appius Claudius Caudex. – Quäk, quäk, – Konsul Appius Claudius. – Mist; ich bin nervös wie ein Novize in Eleusis : los, ans Fenster; alles kann wichtig sein!!

Also Exaktes

Ein karthagisches Landheer unter (irgendeinem) Hanno ist bei Rhegium – oder Messana; es kommen beide Namen vor – von den Römern geschlagen worden. Und ein Konsul ist ungefähr gleich einem Suffeten (heißt Caudex nicht ›Schwanz aus‹?! – Das haut doch den stärksten Neger um; das heißt, ich kann ja nur ganz wenig römisch; meinetwegen soll es ›der Heizbare‹ heißen. – Witzig, witzig, Pytheas!).

Am Fenster wartend
(merke : anstatt zu ruhen!) Und einen Herzschlag wie ein trabendes Roß; aber die Sonne gerann hinterm Zaun.
Mein Fleisch fühlt sich an wie – pilzig : als könnte ich es vorsichtig in der Faust zer- (irgend etwas Langsames mit ›zer …‹); und die rechte Hand ist wie im Gelenk verquollen (vielleicht neige ich auch nur deswegen so zur Selbstbeobachtung, weil ich so lange mein einziges Objekt war – ich, und ein paar Sterne. Hoffentlich; denn Krankheit – gar nicht erst dran denken. Schon kommt Wind ans Fenster und höhnt –).
Die Zelle hinter mir wird langsam unkenntlich; – halbe Stunde etwa noch.
Nebelbarken stehen auf dem See : sechs (wo die kalten Quellen steigen!), breite Frachtkähne mit silbernem Zeug beladen. Möchte einen der Fergen sehen, ihn zur Nordfahrt überreden, notosgetrieben, Wind umwogt's Haupt schlapphutbreit. – Viertelstunde noch. –
Gefangen war ich von Kind auf : Grobe Eltern, mit Eßzimmer und Maßanzug als gehobenen Idealen; verarbeitete mörtlige Lehrer; Armut umgab mich wie ein roher Bretterzaun; Halbsklave in der Gryphius'schen Knochenmühle; jahrelang Zwangssoldat für massiliotischen Wahnwitz; verkleidet ins Phönizische entschlichen, und, jederzeit dem Spionentod im Rachen, schwerste Matrosenarbeit keuchend, unter Lasten geduckt, spähende Forscherblicke durch Brettannike schießend – hohl bog sich die Bohle beim Landgang –. Als Denker ungekannt oder verlacht; vom Griechenchor als Philopseudes verhöhnt; dürftiger Privatmann; dann noch diese letzten zweiundfünfzig Jahre : »Versuchen Sie selbst : ein Leben für die Wahrheit! Es lohnt sich bestimmt!« – Und nun friß, Stahl, im Stab! –
Wie ein Hammer
So schlug mir das Kinn auf die dürre Brust : da war die Stange durchgekaut. Ich fiel gleich auf dem Tisch zusammen, gefühlloses Knochenbündel in Rohleinen geballt, nur der Kopf schwebte noch

abgesondert rastlos listig dicht über der Platte (Otternhäupter sah ich so kreisen – horch, und die alten Schlangen wachen auf); dann sank auch er, ein schneebehangener schlafender Vulkan : wildschnell floh Pytheas, ein Jüngling, im Hetztraum!
Vor Verfolgern. Durch hohe hallende Säle trug sie ihre Eil'. Rötliche Marmorwände, mattgelb geädert, wiesen keine Fuge; oft standen mannshohe Vasen, rankenüberlaufen, in Sammlungen; Statuen zeigten hoheitsvolle Affengesichter; geflügelte Stiere mit bekapptem keilbärtigem Assyrerantlitz, die runden Stirnen mit Geheimnissen beschrieben, gaben kein Zeichen. Erst als ich damit an Dreifüße klirrte, merkte ich, daß mir ein stählerner Stechschlüssel, der Hieroglyphe ench gleich, in der Rechten hing; ich riß die bräunliche, brüchige Rolle aus dem Busen und las rennend die rieselnden Altgoldbuchstaben : schon gaumte blutgeil die Punierbrut im übernächsten Saal. Ich stürzte geblähten Gewandes ums Säulenkap, stach den vierkantigen Hohlstab drehend in die achte Rosette der Lotosleiste und glitt in die sich huldvoll spaltende Wand : lautlos schloß sich wieder der Porphyr. Ich schob erzene Haken und Riegelbarren ineinander, und stand atmend im kluftschmalen Gang; steil wies die Marmorstiege hinab, grauseidnes Glimmlicht füllte still den Schacht. Neue Weisung entlas ich der Rolle und schlüpfte treppab; nach dreiundachtzig Stufen erschloß ench wiederum die Mauer. Hart über'm Boden zwängte ich mich durchs enge Mannloch, schloß sorgsam die Öffnung mit Steinpfropf und Querstange, und erhob mich ins helle Goldlicht des türlosen quadratischen Gemaches. Eingelassen in die Wände waren hohe Tafeln aus mildfarbigem Schmuckgestein, schriftzeichenüberlaufen, aramäisch, chaldäisch, persisch, Hieroglyphen wandten Falkenköpfe, griechisch las ich betroffen zwei Zeilen von Hellbraunem :

»... Lampiges Fenster weht auf, Stimmen und Wolkenzug;
Brunnengeliebte am Markt spendet aus steinernem Krug ...«

Dann wies mich die Rolle weiter; weiter klomm ich durch leuchtende leere Zimmer, drängte mich hinter Steinquadern, die sich minutenlang still verschoben; tiefer hinunter wiesen, führten, drehten Treppen; größer wurde die Zahl der Nebengemächer, gefüllt mit Seltsamem, das ich nur durch die Türen sah : Bilder, Rollen, Geräte, Gewirktes, Gedachtes, zu betrachten ein Leben lang. Doch ich wich nicht von der Spur; lange war ich schon die Wendeltreppe hinabgeflohen, unermüdlich in stummen Steinmustern suchend, da fand ich endlich links in Kopfhöhe das schiefe Viereck mit der eingeschlagenen Spitze, wieder schloß ich, sechsmal drehend, trat wiederum durch Marmorwolken, und befand mich auf einer kleinen Steinplatte an der Längswand eines schmalen Kanals, der sich endlos an mir entlang und düster hinzog. Auf dem völlig stillen und dunklen aber seidig glänzenden Wasser lag ein ebenhölzerner Kajak, in den ich ohne Zögern schlüpfte; gut und leicht lag das Paddel in meiner Hand. Ich glitt erregt und ehrfurchtüberwältigt zwischen den schwarzen glattgeschliffenen nur ganz selten hell geströmten übermäßig hohen Jaspiswänden dahin; auch die Decke schloß gerade und unerbittlich. Nach Stunden ergriffen mich mehr, immer mehr, Stille und gradflächige Einsamkeit; rechtwinklig zur Linken flossen gleiche Kanäle ab, feierlich endlos; überall erlotete ich in kaum Mannstiefe mit dem Ruder die glatte Grundbahn. Einmal eröffnete ich in der linken Seitenwand eine lange und enge Nische, schob mich gebückt im Boot hinein, der Türstein schloß sich zu völliger Dunkelheit, und ich sank auf dünnem gurgelndem Schwarzwasserpolster hinab, müdigkeitenlang, in ein zweites Labyrinth, dem andren gleich; zog dahin, wich aus, schwieg, sank; Unnahbarkeit kam um Pytheas, Pytheas, Pytheas ...

Nachmittag schon (und also 52, 123)

Verfluchte Unvorsichtigkeit : ich lag immer noch auf dem Tisch! Hoffentlich hat mich keiner so gesehen. – Habe das Heft wie grübelnd zur Hand genommen, und gehe auf und ab, lehne mich zuweilen kunstvoll spekulierend an die Mauer (und schleife dabei wieder eine schöne Schneide an den Stahl; die muß so gut sein, daß ich schnell die Wolldecke damit zertrennen kann – ich glaub' schon, acht Streifen ist das Richtigste; den Rest liefert der Kittel, der ja doch bloß beim Schwimmen hindern würde).

Wenn nur das abscheuliche Zittern nicht wäre; zum ersten Mal in meinem Leben fühle ich mich ›greisenhaft‹ (aber es ist ja auch gar kein Wunder, wenn man die Muskelanspannung der Nächte bedenkt –. Werde mich doch lieber hinsetzen).

Noch Tag

War sofort wieder eingenickt – saß in Massilia in der engen finsteren Küche mit den Eltern am Holztisch; sie stritten, zankten; mein Vater brodelte wieder mir, dem Manne, verschwollene Befehle zu, drohte aus rohen Augen, wölbte den Mund zu fetten Soldatenflüchen; ich ging vor ihn hin, und hieb ihm eine ins rotunde Radaugesicht, daß er sofort schwieg, völlig verblüfft, war fertig, saß da, mit abgesägten Hosen, he?! – Ich erwachte, und empfand wieder, wie nach früheren ähnlichen Vorgängen, ein herrliches Gefühl von Stolz und Erleichterung, lachte befreit, den Kopf im Nacken (muß eine feine Kindheit gehabt haben, der Pytheas. Und ist auch selbst ganz scheen radikal geworden, wie?!) –

Es zuckt mir in den Händen, wenn ich die Stäbe angucke : ob sie sich biegen lassen? Wenn ja; dann verschwind ich noch heute nacht. Ich sauf' auch gleich den Wasserrest aus (oder gieß ihn mir über'n Kopf : der ist wie eine Feuerkugel. – So hieß eine Kneipe in Athen, an der Bibliothek, ›zur großen Feuerkugel‹; und der Wirt behauptete eisern, Homer hätte da logiert; vom engen Hof sah man auch das Zimmerfenster mit der ›Erinnerungstafel‹ darunter!)

Ich hab keine Geduld mehr, richtig über was nachzudenken, keine Geduld mehr. –

Was die Grammatiker doch für flache, unlogische Köpfe sind, philosophisch rohe : da nennen sie »ich war« die erste oder unvollkommene Vergangenheit; »ich bin gewesen« die zweite oder vollkommene (»ich war gewesen« dann leidlich korrekt die dritte oder übervollkommene). Dabei ist das ganze Gefüge doch so einfach darstellbar : drei zeitliche Erlebnisebenen hat der Mensch : die vage Zukunft (»ich werde sein«); die intensive aber ganz eng umgrenzte Gegenwart (»ich bin«); die erinnerungsreiche, bildervolle, gesicherte, deshalb vielstufige Vergangenheit (»ich war«, usw.). Dieses »ich war« ist die eigentliche Form der in sich abgeschlossenen, nicht mehr ins Gegenwärtige eingreifenden Vergangenheit, die ›vollkommene‹. Dagegen stellt »ich bin gewesen« (wie ja schon die Konstruktion mit der Gegenwartsform »ich bin ...« aufs schlagendste beweist!) die jüngste, noch voll auf die Gegenwart wirkende Vergangenheit dar! (Beispiel : ich stürze atemlos zu meinem Freunde ins Zimmer und berichte ihm : »Denke Dir nur, eben bin ich auf der Agora gewesen ...« usw.); diese also ist die ›erste‹, ›jüngste‹, noch ›unvollkommene‹ Vergangenheit! Und die albernen Grammatiker haben nur aus der komplizierteren Bildungsform stumpfsinnig auf größere zeitliche Entfernung geschlossen!! – Wird wohl ein paar tausend Jahre dauern, ehe solche falschen Begriffe aus den Lehrbüchern verschwinden. –

Schöne lange Dämmerung

(die kein Ende nimmt! das ist alles Schikane, was weiß ich von wem!)

Vorhin ein paar Minuten ausgestreckt : da wußte ich plötzlich nicht mehr, ob mein rechter Arm über der Brust liege, oder neben mir, oder – jeder Muskelsinn war weg.

Sterne treten auf

Ja! Ja!!! : Sie biegen sich! Nach innen weg (der alte Tisch knackte zwar unmäßig, als ich die Schulter unter das freie Ende schob und mich reckte). Jetzt Decke und Kittel zerlegt und geknotet –.

Gut; hält. (Den Rest winde ich nachher um die Stirn; Brot dann hinein, den Stahlspan, mein Heft.) Den Strick um den Leib gewickelt. In der Fensterhöhlung kann ich eben noch hocken.

Ruhig!

Ruhig!! – Wie lange braucht heut der Doppelposten zu einer Runde : – vierhundertachtzehn Pulsschläge – vierhundertsiebzig das

zweitemal (oder schlägt er schneller?) – Noch einmal zählen. – Der Gang unten ist schmal genug, nicht volle zwei Klafter; gegenüber in fast gleicher Höhe die Außenmauer des Forts. Ich muß versuchen, mit einem Sprung aus der Hocke hinüber zu schnellen; dann mich draußen an der Seeseite hinunter zu lassen –
Ruhig : sie kommen wieder : – vierhundertneunzig, einundneunzig, zweiund ... Gut.
Jetzt noch hundert warten; dann springen.
– – Warm; Wasser wird warm sein. Vierzig. Den Bart hätt' ich mir auch runtersägen können. Wird hindern; vollgesogen. Fünfzig. Den Strick muß ich um einen Stein flechten, knoten, versenken, sonst haben sie – Sechzig – gleich die Spur. Die ersten zwei drei Stadien ganz lautlos schwimmen – Siebzig – vielleicht tauchen. Hak' ich etwa hinten an den Stabenden fest? Achtzig. Langsam herausschieben; Zehenballen an die Kante stemmen. Neunzig. – Hände zum Abstoß mit ansetzen. Ansetzen. Ansetzen : – Hundert!!!
Insel und Mitternacht
(Und Freiheit!!) – Aber wenig Herzschlag. Narbiger Silberball im Zenit, wolkenumflossen.
Der Sprung glückte gleich : mit halbem Leib lag ich über der Mauerkrone, pendelte die Beine hoch, griff nach der Seilmitte, legte es um die nächste Zinne und hangelte hinab, den Doppelstrick in der Hand : als ich im Geröll stand, waren gar noch zwei Fuß Rest. Oben tickte wieder die Wache vorbei – hoben sie nicht Augen, gekniffen im Argwohn, über halboffnem Lauermaul – ich mußte mir die Faust in den Schlund setzen : vor irrer Bosheit! Denn näselnd wanderte es in süßlichem Schlafzimmerfalsett : »Heute nacht oder nie ...« Ich nickte, erstickt mit grellen Augen, feixend gekrümmt : das Ding war exzellent gemacht! Symbollek von der vierten Phyle! Dann zupfte ich am freien Ende; raschelnd kam der Lumpenstrick herab; ich flocht ihn netzförmig um einen Steinknollen, hob den unter'n Arm und schritt bis ans Kinn in den See (eben noch erträglich, das Wasser; halt ungewohnt). Ich ließ den Klotz fallen,

nahm noch einmal die Richtung nach der Insel und legte mich auf die Flut, flach wie ein Span. – Es ging; Arme und Beine fanden sogleich den längst vergessenen Takt (leise, leise zuerst ..) Ja, ich hatte noch mein zügiges schönes Seitentempo. – Aber es dauerte doch zu lange; oft mußte ich mich auf den Rücken legen, keuchend, speiend (in dreitausend Sternfratzen); griff, herumgleitend, wieder löffelförmig aus, die Beine scheerten wieder. Dann kam der schwarze Inselumriß näher, Steinboden, das Wasser trug nicht mehr, ich zerrte mich mühsam über'n Sandstreifen ins Gebüsch. –
Und das war vor einer Stunde; jetzt muß ich mich hochraffen, zur Kahnsuche.
Hellster Mondschein, wolkenschuppig
Hab' trotz meiner Eile an manchem Strauch riechen müssen (– ist schon ein Unterschied gegen Zellenmief –). Das zweite Gehöft scheint das größere, wohlhabendere; zaunumgeben ein Garten, blühende Erbsen (und Zwiebeln, Wachsbohnen) im Mondlicht (hoffentlich haben sie keinen Hund!). Im nächtlichen (geistreich!) Obstgarten weht Wäsche (aber alles Frauenplunder; nichts für mich). Ein buschbegleiteter Pfad zum Ufer hinab führt hoffentlich zu Anleger und Nachen. – – Verdammt : –
Flüstert da nicht noch jemand; – vorn? –
Er sagte
»Ich habe doch immer darauf gewartet, Du! Immer! Was hätte ich denn sonst bei dem gleichgültigen Sealthiel gewollt, wenn nicht Dich sehen! – Dein Haar, Deine Augen, Deinen Mund –«, er verstummte und hob zaghaft die Hand, berührte rührend unbeholfen ihre Locken, wiederholte tonlos : »Dein Haar«, zog hauchfein ihre rechte Braue nach : »Deine Augen«; dann fiel der Arm herunter, und man erriet : »Deinen Mund –«. Sie lächelte spöttisch und gerührt, legte listig das mondfarbene Gesicht schräg hinter sich, und sah mit geweiteten dunklen Augen über ihn hoch, wo flatterndes Volk lautlos auf marmornem Kreuzweg zog. (Ja, und beeilt Euch etwas, Verehrteste; oder spielt Euch inselein – großer Axio-

kersos; ich steh zehn Schritte entfernt im Gebüsch und doppelt so weit vom Kahn, in dem er wahrscheinlich zur Huldigung erschienen ist. – Und frier wie ein junger Hund! – Ah, zweiter Akt – wär's nur der letzte –)

Sie strich sich über's Haar

und sagte abwesend : »Es wird spät, Bostar; Du mußt eilen.« (Ja, hoffentlich, hoffentlich!) Ihr Profil wurde kühner und wacher, auch härter; sie trat dicht vor ihn hin, nachlässig, schob herausfordernd Kinn und Mund vor, spannte die Brauen wie Bogen und lächelte maliziös, sah ihn gar nicht an, wartete, – da griff er endlich zu! (Und ich schlug würdig die Augen nieder : warum soll ich nicht auch mal Mensch sein –) Sie atmete befriedigt tief ein, drehte sich aus seinen Armen : »Bis morgen –«, schlüpfte kräftig den Kiesweg zurück, sprang federnd und elegant über den alten Zaun, hob noch einmal bannend die Hand und glitt ins Haus. Er hatte die Fäuste vor die Brust gelegt und wandte kein Auge von der lockenden Erscheinung – da hob ich die Faust mit dem Stein – (– der Junge hat auch just meine Figur –)

Ich legte meinen Mund an seinen falben Bartflaum

(»und von unerhörten Dingen flüstern bärtige Lippen an bärtige Wangen« – ist nicht von mir, hab's mal irgendwo gelesen –). Ich – gut – ich flüsterte : »Ich brauche nur Deine Kleider und zwei Goldstücke. Nichts weiter.« – Noch einmal beugte ich mich über ihn : »Noch eins : Was über den Kuß hinausgeht ist vom Übel. Hörst Du? Glücklicher?« (also doch von unerhörten Dingen!) Er stöhnte ein wenig, nickte aber doch (und die Beule ist in seinem Alter in drei Tagen weg).

Im Kahn

Das Purpurkleid läßt mir prächtig, stattlich; und richtig heiß ist mir wieder. – Sieh da : ein blankes Tuch weht aus einem der Kammerfenster – was will ich noch mehr?! Ich bewegte geehrt und standesgemäß die schlohweiße Linke : so waren alle Beteiligten zunächst beruhigt.

Und nun aber in die Ruder! (Brot lutschen dabei)

Izquierda (das Turdetanernest)
Helle von Osten her, grau und rosa. (Macht 52, 124 – – oder nein : Nein!! 0,1!!)
Die Höfe liegen am Gestade verteilt, manche schon höher am Hang. Ich muß zunächst in die Bergwildnis, die Riesenwand hinauf, daß sie in den Wäldern jede Spur verlieren; dann verkleidet zum Hafen nach Gadir – im Notfall muß ich mir die Haare färben, schwarz; klar! – und auf einem Nordfahrer anheuern; und in Mentonomon desertier' ich, verschwinde, in den glühenden Wäldern, über Lichtungen, wie der Meteoride Phaeton, mein Bruder (würde sich wohl auch vor die klapprige Verwandtschaft bedanken).
Beine sind steif vom Schwimmen und Sitzen; aber hopp, raus.
Beim Umkleiden
Ich überquerte die Uferstraße und beschritt rasch den Zweigpfad zum fernsten Gehöft. Tau wippte im Gras, hundekalt, aber klar rosig (rostig) und mattgrün. Natürlich waren die ländlichen Wühler schon wach : ein alter Vater mit drei derben Sennensöhnen neigte demütig den Kopf; Butter flößte im Gießbachtrog, Käse ruhte rund in Regalen (und mir lief der Speichel fast aus dem Halse – ich fress' bis ich platze!). Ich trat leutselig kalt im Galagewand auf sie zu, fragte kurz nach Namen, scherzte herablassend, blickte mich gelangweilt um (Hund! Der Sonnenrand erschien drüben über den Hügeln – schnell). Ich sah den größten der Flegel unvermittelt kritisch an, lachte gekonnt und entschied : »Höre, wir tauschen die Kleider für heute, ja?!« Schnippte ihm das dicke Goldstück hin und winkte vornehm ungeduldig voran, in die Scheune. Er begriff nicht; der Vater stieß ihn an, murmelte weniges im breiten Ibererplatt – Ja, stolper' schon mit! –
Fertig
Und fest ist der klobige Blauleinenkittel! (Draußen sagte der Alte still : »Er wird von der feinen Gesellschaft unten beim Richter sein – die hohen Leute haben wohl Grillen, die unsereins nicht versteht.« – Ging ergeben voran zum Geräteschuppen, kramte und klapperte.) Ich nahm den kurzen Dolch gleich mit, schnitt einen

halben Bauernkäse in den Futtersack, klebte zwei Handvoll derbe Butter darauf und hing ihn mir am Strick um die Schulter. Als ich schmunzelnd und kauend herauskam, lümmelte schon das platte Sonnenhaupt blutunterlaufen und ausdruckslos auf den kahlen Hügeln drüben (jetzt werden sie's in Chebar gleich entdecken, beim Morgenrundgang –). Ich rief leichthin in das morsche Altmannsantlitz (wie werden die meins wohl nennen?) : »Hebt meine Sachen auf – nachmittags laß ich sie abholen. Und –« ich verstellte mein Gesicht auf's Häßlichste, Phönizischste : »Kein Wort! – Wer auch fragt! –« (lachte der zahnlose Hund nicht unterm Arm – nein; er strich doch wohl nur den Hutrand höher, so). Nun über die Umzäunung steigen, ganz zünftig. –

Rast nach drei Stunden (schick im Baumwipfel)

Ich hatte kaum zweihundert Schritte in den jungen Korkeichen getan, da warf es mich in den Schultern – Tup, dup (ganz deutlich kam es über den See, dreißig Stadien weit, die Alarmtrommel; nun ja, es ist morgenstill noch) lubb – dup, tup, tup. Jetzt rennen sie durch die Gänge. – Und auch ich sprang durch die gebückten, erstarrten Baumgestalten bergauf. (»Gib uns guten Gang, du, Gries, Gestein und Hartwuchs ..«) Nach zehn Minuten sah ich mich um : eine feine Furche über'n See!

Rechnen : nach Gadir (berichten und Bluthunde holen) eine Stunde plus ein Viertel; zurück in die Zelle und Witterung nehmen lassen : eine Stunde; zur Insel : eine halbe; Spur und den Überfallenen finden : eine viertel; zum Festland her : eine halbe; Spur suchen und aufnehmen : eine halbe : macht zusammen vier Stunden Vorsprung. – Das hieß also für mich, erst einmal zwei Stunden so schnell wie möglich bergan. –

Danach erst trat ich, daß sie die Fährte verlören, in den frischen, glasklar schnellenden Gebirgsbach zu meiner Linken. (Frisch? Eiskalt war die Jauche!) Und ich stand und sah, mit erstarrenden Füßen, sah unter mich, vor Grauen zitternd – aber ich mußte ja erst einmal weiter. Eine Stunde hielt ich's aus; dann reckte ich mich an den nächsten starken Ast überm Wasser, ließ mich abtropfen und rutschte weiter in die Baumkrone. (Ich hab die Füße getrocknet, geknetet, gerieben, die Sonne brennt drauf : ich kriege kein Gefühl mehr hinein! Scheußlich!)

Nach unten schauend

Sie wandern immer noch : Lachse, zu Millionen vereint. Es kocht im Wasser (das Fischgeschmack hat!). Schon ragen die Rückenflossen, ja die Rücken selbst aus dem Elemente heraus; wo es an Wasser gebricht, da werfen sie sich auf ihre flache Seite, bald rechts, bald links hinüber. Der Fisch verliert seinen Glanz, er dunkelt, wird grünlich grau, die Schuppen der Bauchseite reiben sich ab; blutrünstig erscheinen die Flossen, erscheint die ganze untere Hälfte des Körpers, dunkel blaurot, ja endlich schwarzblau, zackig die Körperseiten hinansteigend, widrig anzusehen, gleich den halbbrandigen skorbutischen Wundstellen mißhandelter Tierkörper, roh, wie mit wildem Fleisch schwammig überwuchert. Myriaden Häupter unkenntlich hakig, mit klaffendem Maul und mächtigen Hauerzähnen. Leichenfuder verpesten in Lachen – oh, ihr Götter! –

Oh, ihr Hunde!!

Ich sage mich los von allem, was Gott heißt! Was Schöpfer oder Weltherr sein will! (Und der Baum bebt unter mir, so wirft es mich in rasender Rebellenwut!) Seht Ihr das, Ihr gebetgeblähten Mastsäue; ist das Eurer rülpsenden Weisheit letzter Schluß; das und dergleichen ist in Eurem Drachenwerk möglich?! Ich fluche Euch Bestien mit paukendem Mund : ich schreie zum Aufstand wider Euch! Zur Rebellion der Guten wider Natur und Gott : ich rufe die Jugend der Welt! (Aber das schallt schon zu Olympia : als Motto zum Wetthopsen und Fresse-Einschlagen! – – Oh, oh!) –

Herbstnebel dampft auf

am hellen Mittag; warm und dicht, grünlich vom verwischten Pflanzengeleucht : nun findet ihr mich nicht mehr. Hurtig! Pytheas! Ungeheuer kippt der Bergkegel zur Rechten hoch.

Am Abend

Gestürm zieht auf.

Bin längst bergum : unten liegt Gadir, gassengeregelt, mit den taubenumflatterten Vorstädten.
Acht Schiffe ankern im Haupthafen, wanken; zwei vor der Insel Erythia; eins, schwarzes, hier links vorn, weit unter mir (eine Stunde Weg bis hin) : da versuch' ich's. – Zuerst. Früh dunkel heut.
Letzte Vergrauung
Nebelwind, naß, meert den Berg ein, orgelt, rollt über röhrenden Wäldern. Ich sog tief Luft und röchelte, gurgelte sinnlos selig hinaus : in die Freiheit. Schob mich breitbeinig in den Dunst : in die Freiheit! Es stampfte oben in den Wolken; Regen schlug donnernd an meine Stirn; mein Herz brandete : Freiheit! Ich hob die grauhaarigen Beine tanzend an : Freiheit! Freiheit! Ich dien' nicht mehr bei Gryphius; weit liegt der Kerker hinter mir! Pytheas ist frei geworden und stampft oben in den Wolken!! –
Halslang
so fuhr das Gesicht neben mir aus der Felswand und gaffte täppisch in mein Geschrei : ich hieb zielend den Dolch danach – weg, Du! Macht es mir etwa schon Männer vor?! Haut bloß ab! –
Will bergab strandzu tosen (also meine Beine sind wie Eis! Das verfluchte Waten heut früh!) Lubb-dup, Lubb-dup (diesmal ist's mein Herz).
Am Strand
Zögernd fuhr ich mit der Sichelklinge ums Kinn, warf das Gebärt fort, zog die Kappe keck schiefer : junger Matrose, eh? (Hoffentlich nehmen sie mich noch, daß ich ihnen nicht zu brüchig erscheine, verflucht, jetzt entscheidet sich's! – –) Los, hin, zögern ist zwecklos (ganz schwarz ist das Schiff).
»He! Patron!«
Er trat an die Reling, hoch (und dürr) im schwarzen Mantelgeflatter, mit langem bleichem Gesicht (unphönizisch eigentlich!). Ich rief durchs Wasserschallen : »Fahrt Ihr nach Mentonomon? – – Braucht Ihr etwa noch einen? –« Er nickte jedesmal und wies stumm zur Planke, die ich machtvoll betrat, und überzeugend hart in seine Hand einschlug. –

Warum legen sie gleich ab?
– Wollten sie mich nur fangen? Ich barg argwöhnisch den Dolch in der Hand und wiegte breiten Ganges nach vorn. – –
Hebt sich und senkt sich
der Bug! Und ich taumle rhythmisch mit. (Ist ganz finster schon; muß aufhören zu schreiben.)
So viel Glück! Pytheas, du Wogenkind! Hebt mich – senkt mich! Hebt mich – –
Nacht wird noch tiefer.
Seh nichts mehr.

– – – –

An Giskon, den großen Suffeten, den Suffeten des Meeres, meinen Herrn, Dein Knecht Abdichiba, durch Deine Gnade Aufseher der Festung Chebar bei Gadir : Zu Deinen Füßen falle ich siebenmal siebenmal nieder, ich will Deine Befehle getreulich ausführen, Deinen Tempel will ich bauen, Deine Entscheidungen erfüllen. Möge es Dir, o Herr, gut gehen; Deinem Hause, Deinem Harem, Deinen Söhnen, Deinen Großen, Deinen Pferden, Deinen Streitwagen, Deinen Ländern möge es recht gut gehen. Möge Moloch Deinen Fäusten weiterhin Kraft geben, daß sie die räuberischen Römerhunde treffen wie Felsen.
Der von Dir befohlene Jagdzug gegen die Löwen des Gebirges wurde vollzogen; wir hatten als tägliche Kost Brot und Wein und gekochtes Fleisch, abgesehen von den Ziegen des Hochlandes, die man für mich fing, und dem, was meine Hunde erbeuteten.
Die Tribute der Dörfler gehen regelmäßig ein : Fünfhundert Sekel Silbers liegen zu Deiner Verfügung, achtzig Ballen lederne Seile und Rindssehnen für die Bogenschützen. Man hat mich bei meinem Herrn verleumdet, daß ich die Schleudersteine für Deine Balearen nicht rechtzeitig lieferte : siehe, es fehlt mir an Handwerkern; doch wurden fast zehntausend fertig. Befiehl mir nur : soll ich alldies gleich nach Drepanon senden, oder erst in Deine karthagischen Arsenale?

Erlaube mir, den Soldaten Hakkadosch zu befördern; er ist willig und begabt und ehrgeizig im Dienst; auch war es meist ihm zu verdanken, daß wir vergangenen Frühling den Räuber Deiner hiesigen Herden entdecken und fangen konnten. Er versteht ein wenig zu schreiben und ehrt die Götter vorbildlich.
Vor zwei Tagen verstarb endlich der Unreine, der Unbeschnittene, der Überlästige, den wir aus mir unverständlichen Gründen seit Menschengedenken hier mästen mußten. Er saß noch am Tisch und stank schon; man fand keine Wunde; tief in die linke Handfläche hatte er sich einen alten Schuhbeschlag gedrückt; die teure Decke war von dem Hunde in Streifen gerissen worden, wie auch sein Kittel; seinen Bart verstümmelte der Ungläubige : er war hundert Jahre. Ich sende Dir wie immer, was er schrieb. Wir warfen sein Aas in den See. Nimm mir keine weiteren Truppen mehr, o mein Herr; das Gebiet meines Herrn ist sonst nicht mehr sein eigen, die Iberer verwüsten alles Gebiet; was wir fangen, schicken wir in Ketten in die Silberbergwerke. So schreibt Abdichiba, der Knecht der Knechte vor den Füßen des großen Suffeten, ich schlage die Stufen Deines Stuhles mit meiner niedrigen Stirn, mein Rücken sei Dein Schemel; gebiete über mich und mein Haus, meine Weiber, meine Töchter und Sklavinnen, meine Söhne, meine Knechte, mein Vieh, mein Vermögen, gebiete über alles, o Liebling des Moloch, o Wonne der Gerechten, Du mein Herr! –

Leviathan oder
Die beste der Welten

Berlin
20th May 45

Betty Dear!
I'm quite in a hurry (but thinking always of You and the kids, of course). – The town is fearfully smashed, rather like a bad dream; well : They asked for it and they got it. – The Russians look a good jolly sort and are amiable to deal with. We all expect them to join now against the damned Japs, and that'll settle that too, I'm sure. Hope to see You again quite soon. JONNY

The watches and bracelets – well, stow them away; I had to throw them into the box absolutely at random, hope they'll not be badly damaged. The German insignia and MSS I got from a Russian Lcpl for a souvenir (gave to him some cigarettes in return). – 1000 kisses. – J.

14.2.45
Der Kopf pulst wie ein schwellendes Glockenmaul – oh –. Ich muß den Mund blähen und zerren. – Oh! –.
Später
Im Stahlhelm ist kaum ein flaches Grübchen; war sicher ein Querschläger von den Schienen her. Aber ich kann wieder denken und mich regen. – Die ganze Stadt (und auch hier das Bahnhofsgelände) liegt immer noch unter Beschuß; sadistisch : hier einen hin, dort mal fünf, wieder zurück. Der Schnee ist ganz schmutzig vom Ruinenstaub. Am meisten schießt es im Osten und Norden (Richtung Kreuzberg und Kerzdorf); dort geht unaufhörlich der Infanteriekampf. Ich habe nur noch meine Pistole (n) 11,25 mm; geladen, und in der Tasche ein paar Patronen lose. – Schätzen kann man an solchen Tagen die Zeit überhaupt nicht; es ist immer gleich hellgrau, die Zäune immer schwarz. (14,16 ist es.) Ich muß machen, daß ich fortkomme; mein Marschbefehl ist nach Ratze-

burg. – Toll, wenn man so die Bahnhofstraße sieht; man kennt jede Ecke; täglich bin ich da gegangen; im klirrenden Winter 28/29, im hellblau und kalten Frühling, im kastanienheißen Sommergrün, oft ist die herbstlich rauschende Queisbadeanstalt in meinen Träumen. Man müßte doch eigentlich zusehen, ob man nicht noch eine Lok auftreiben könnte, die Gleise sind noch fast heil (so spielt man nun mit Gedanken; ich kann doch gar keine bedienen. Anstatt zu handeln).

15,00

Gleich vorn standen noch drei Güterloren; eine mit Kies, dann ein G.-Wagen, hinten ein Spezialfahrzeug (mannsdickes Stahlgerät; hab's nur im Vorbeilaufen gesehen). Im G.-Wagen waren schon Ratlose genug; vorgestern abend, 22,00 h, sagten sie, sei die Stadt evakuiert worden. Sie hätten immer noch gedacht ..... Zwei Soldaten (einer davon eine blutige Binde um den Kopf); ein junges Ding zeigt frech die Augen; ein Pfarrer mit Familie.

15,10

(Hinter dem Sonderwagen) : Ich habe sie gleich wiedererkannt! (Zuerst sah ich nur die dünne ältliche Frau, ihre Mutter.) Sie trug einen braunen weiten Pelzmantel, schwarz geströmt. Bis sie sich umwandte. Sie hob sofort wieder erstaunt und kalt amüsiert die linke Augenbraue und schob das Kinn vor; dann schwenkte sie einen großen Koffer hoch in den Wagen. (Vier Einschläge kamen gleichzeitig ins Ausbesserungswerk; einer davon so nahe, daß wir im Luftdruck schwankten, ehe wir uns hinwerfen konnten. Qualmpilze spritzten im Grus haushoch; Gestein und Metall erschien brockig in der Luft. Ihr dunkles Haar im Schnee.) Drüben aus den rissigen Hallen sprangen geduckt zwei Männer, fielen zusammen, sahen sich kauernd um, krochen über die Schienen heran. Den schmutzigen Blauleinenanzügen nach Schlosser (»Millionen tragen Greiff-Kleidung«, 232/3/11, oh, gut!) Ich rief sie gleich an : »Habt ihr nicht noch 'ne Maschine? Könnt ihr fahren? –« Sie keuchten, winkten ab. Drin wären noch genug! Aber viele von Tieffliegern zerschossen. Auch fahren, ja (der eine war

sogar Lok-Schlosser). Aber es hätte weder Wasser noch Kohle mehr. Sie kam herangeschlendert, die Hände in den Taschen, und wies mit Schultern und Kopf nach der anderen Seite, über der Straße : »Kohle ist drüben.« Wir verhandelten lange mit den verstörten Mechanikern, es war aber doch besser, irgend etwas anzufangen; wir Männer trugen Kohle in Säcken. –
Die lange Dämmerung. Schleppen. Dunkel raunt ein, wie ein Maler zögernd eine nächtige Farbe mischt. Schleppen. Staubiges Gelb. Schleppen. Rauchiges Rot. Schleppen. Durch ein Ruinenfenster zwinkerte feist der erste Stern; dick, dreistgelb, ein Bankier. Schleppen. Der Himmel wurde klar und versprach kommende Kälte.
Nach 18,00
Schon Nacht; aber es brennt überall in der Kupferstadt (vorhin fiel weit hinten die katholische Kirche ein). Wir sind jeder vielleicht dreißigmal hin und hergekeucht (und die MG-Garben rasselten über die Dächer); es sind noch ein paar dazugekommen, drei alte Männer und zwei Jungen in HJ-Uniform (wollten zuerst nicht mithelfen zur »Flucht«, natürlich). Wir haben, schätze ich, 200 Zentner im Tender. Der eine heizt schon; wenn wir sie unter den Wasserkran kriegen, wird's vielleicht sogar klappen. Die Frauen und Kinder haben aus einem Viehwagen altes Stroh geholt, von Pferden; stinkt, und garantiert voll Flöhe. Ich liege ganz vorn in der Ecke, und neben mir Anne Wolf; Anne Wolf. Sie kommandiert schon im Wagen und hat also auch das angeordnet. In der Stadt kracht und zittert es.
20,00
War noch einmal drüben, aus einem erhitzten Gesicht hoch oben im schwarzen Eisenblech prallte eine kleine Stimme : »Halbe Stunde noch!«; die Ventile schlugen. – Hab mir im Bahnhofsgebäude Hände und Augen gewaschen; das Wasser lief noch. Im Dunkel blinkten die Gläser, die Tische umgestürzt, zerbrochen. Wartesäle : wie oft habe ich in ihnen gesessen, gestanden, Lauban, Görlitz, Greiffenberg, und in die Menschenströme gestarrt;

auf allen Stühlen saßen sie, schwatzten, aßen, gingen; ich notierte Allewelt : die sanften Lampen, die bunten Getränke, das starke Rot und Gold der Salem-Packungen; Lichtdunst der Bahnsteige; helle Zugfenster perlten in die Nacht. –
Dennoch zieht es hier wie die Pest; bloß raus.
Im Waggon
Eigentlich ist es Wahnsinn, daß wir überhaupt fahren wollen; es kann uns passieren, daß 500 Meter weiter die Schienen gesprengt sind. – Mir gegenüber liegen die beiden anderen Soldaten, das Mädchen dazwischen (so übelster Näherinnen-Typ); ein Siebziger in Postuniform (108jähriger am Amboß, *und* gibt all seinen Verdienst dem WHW! so heißt's doch immer in den Zeitungen); daneben Pastor's inmitten der sieben Kinder (sieben; na ja, wenn er nicht Gott vertrauen wollte, wer soll's dann? Zwei müssen schon an der Längsseite der Tür liegen). Auf unserer Seite sind neben mir Anne, ihre Mutter, zwei halbwüchsige Schulmädel; dann die beiden HJ-Helden mit ihrem halben Dutzend Panzerfäusten (die haben sie prahlerisch als Kopfkissen genommen, und rauchen nachlässig; fein; die Jugend ist ja unsere Zukunft, n'est ce pas?). Dann noch die beiden anderen Alten und eine Greisin (vom Lande sicher; man hört aus der Ecke immer vom »guden Boden« – mit dem widerlich langen »u« der Schlesier : »Nee, der gude, gude Boden!« Extra Silesiam non est vita).
Vorhin
Nach vielem Rangieren schob sich langsam die Lok heran; sie koppelten und fluchten. Wir haben vergeblich versucht, den letzten Wagen loszukriegen, es ist alles festgerostet; der Lokführer rief : »Macht bloß den Schwellenreißer ab! –« Sieh da, der Schwellenreißer! In Drontheim, in der Wochenschau hab ich ihn gesehen; er war da im Osten »eingesetzt«. Der Gedanke ist ganz einfach : am letzten Wagen hängt der viele Tonnen schwere »zweckvoll geformte« Stahlhaken, greift hinter die Eisenbahnschwellen, vorn fährt die Maschine an, und er reißt eine nach der anderen mitten durch. Geht ganz leicht, so schnell der Zug eben fährt. Damals saßen ein

paar wehrhaft lachende Landser darauf (»Sie sind soeben gefilmt worden«), anstatt daß ihre Gesichter von Grauen gezerrt waren! Ich hab mich am Kinostuhl festhalten müssen, mit aufgerissenen Augen; an Cervantes gedacht und Mozart, und den Major Fouqué (Mann, gibt es denn das: »Major« und »Undine«, »Alethes«!). Kant hat nur die Beweise für die Existenz eines »lieben« Gottes als faule Witze entlarvt; wir können heute schon direkt welche dagegen geben: der Schwellenreißer ist ein guter (gewiß; auch die Kommandanten von Oeveraas, 21./976, die Schweine, Zeller an der Spitze; außer Dittmann und Georg). – Nun ist er aufgebockt und liegt, von einer dicken Kette gehalten, oben auf der Wagenplattform. Ich stieg wieder ein; Anne raschelte in einem Papier.

21,07

Endlich: ein leises Rollen hob unter uns an: wir fuhren. Langsam.

Später

Vorn scheint doch nicht alles in Ordnung zu sein; wir waren kaum unter den drei Unterführungen hindurch, da standen wir schon wieder. Die Tür auf meiner Seite geht nicht ganz zu, und der Fahrtwind ist fast unerträglich kalt (haben versucht, sie zuzurucken; aber es geht nicht. Hinten brennt es überall). Ich konnte gerade den Buckel des Steinberges und die Hohwaldchaussee unterscheiden. Aus der Soldatenecke gegenüber kam Gekicher und zweimal ein kleiner frecher Schrei; selbst der Verwundete schäkerte schlaff und geil hinein. Der Pfarrer bat wiederholt um Kraft und rühmte die Reichweite der Güte des Herrn, was Frau und Kinder nachhallend bekräftigten; widerlich. Die alte Frau und die stoppelbärtigen Alten fluchten auf »den Hitler«; dann wieder auf den »Hitler, der verfluchte Lump!« (das »u« diesmal ganz kurz und betont). Ein furchtbarer Ruck; Funkiges fuhr seidenrot vorbei; wir rollten wieder ein paar Minuten.

Fast Mitternacht

Wir halten immer noch (etwas hinter dem Krankenhaus wohl). Hab etwa eine Stunde gedöst, bis ich frierend erwachte. Die Kinder winselten vor Kälte und mußten austreten. Es wurde vorgeschlagen, daß alle das gleichzeitig tun sollten, damit nachher möglichst die Tür geschlossen bliebe. Bon.

Draußen

Dünne hohe Ruten beben im Wind, der über'n morschen Schnee seufzt; eine Kiefer federt gleichmäßig hin und her; man huschte und kauerte hinterm Gesträuch. Ich sah die Sterne; winzige lodernde Gesichter, kalkweiß und hellblau; Ursa majoris, die kleine; dazwischen der Drache. Die Lichtschleier am Horizont murrten unaufhörlich. Auch Anne bummelte hochhüftig hinter ihrem Busch hervor. Der alte Postbeamte trat höflich zu mir : »Auch ein Sternenfreund, Herr Unteroffizier?« Er zeigte mit dem Kopf nach hinten ins Gebränd : »Wie gut, daß es noch eine Unendlichkeit gibt – –.« Ein hageres, leidlich würdiges Gesicht. Aber sie hörte. Ich drehte mich langsam (ho, eindrucksvoll!); ich sagte zerstreut : »Sie irren sich; nicht einmal die Unendlichkeit gibt es. – Glücklicher Homer –.« Er krauste erstaunt und höhnisch die nackte Stirn im Nachtlicht : »Kant. Schopenhauer«, gab er heiter die weitere Richtung an, »wie stellen Sie sich das vor : die Stelle, wo der Raum ein Ende hat?« Auch der Pfarrer ließ sich von dem gestirnten Himmel über sich ergreifen : »Gott«, gab er an, »ist unendlich –.« Ich disputiere nie mit Frommen, ich sprach auch jetzt in Richtung unseres Sonderzuges : »Auch Sie irren sich; es gab einen Dämon von wesentlich grausamem, teuflischem Charakter, aber auch er existiert jetzt nicht mehr.« Er sprach ergriffen : »Sie lästern! –« Wind. HJ riß ein Streichholz an. Eine magere Sternschnuppe zog eine Silberbraue über Beteigeuze (an dem zornigen Namen besoff sich mein Vater einmal, so um 22, »Beteigeuze, die Riesensonne«, Artikel im Fremdenblatt). Anne trat an mich heran : »Helfen Sie mir doch mal hoch«, sagte sie; es geschah. Ihr glücklichen Augen. Wir stiegen alle ein. Der Alte fragte verächtlich aus dem Dunkel : »Also – wie denken Sie sich das : mit dem –« betont : »nichtunendlichen Raum?« Anne drehte das Gesicht zu mir (man sah nur einen fahlen Fleck) und ich sprach :

»Unbegrenzt; aber nicht unendlich. Eine Kugeloberfläche : ist

auch unbegrenzt, aber nicht unendlich. Wir können uns zwar nur Drei-Dimensionales vorstellen (eine Folge unserer Gehirnstruktur), aber folgen Sie mir einmal zur Erläuterung ins Zwei-Dimensionale. Eine ›unendliche‹ Tischplatte, zwei gleichgroße Pappdreiecke darauf : die denkenden Dreiecke. Diese Wesen können sich in ihrem Raum nur umeinander verschieben; wollten sie z. B. ihre Kongruenz nachweisen, müßten sie Winkel und Seiten messen und trigonometrische Folgerungen ziehen; wir heben zum Nachweis nur eins der Dreiecke in unseren, um eine Dimension höheren Raum hinaus, und decken es auf das brüderlich andere. – Diese Gebilde stellten unter anderem folgende fundamentale Sätze auf : Eine Gerade ist die kürzeste Verbindung zweier Punkte, durch einen Punkt zu einer Geraden gibt es eine Parallele; aus dem Parallelensatz ergibt sich die Winkelsumme im Dreieck zu 180 Grad.« – Hier schrie die Nutte hoch unkeusch und sagte : »Jetzt nicht!« – Ich sprach : »Ein weises Dreieck untersuchte eine in sich zurückgekrümmte, ebenfalls zweidimensionale Kugeloberfläche, und fand, daß dann die Geraden (d. h. die Linien kürzester Entfernung) Großkreise würden, es also keine Parallelen mehr gäbe, und die Winkelsumme größer als 180 Grad sei. Ein anderes fand, daß auf einer Pseudosphäre es bei Anwendung der gleichen Grundsätze unendlich viele Parallelen gebe (faßlich am Beltramischen Grenzkreis), und die Winkelsumme kleiner sei als 180 Grad. – Welcher dieser 3 möglichen zweidimensionalen Räume war nun der ›wahre‹; welche Geometrie galt? (Und übertragen Sie diese Gedankengänge auf alle n-dimensionalen Räume).«
Hacken tupften rhythmisch den Boden : »Wer Klavier spielt, hat Glück bei den Frau'n ...«; Jugend fand sich im Gedicht; »... denn der Klang des gespielten Klavieres ...« (Weiß Gott! »gespielten Klavieres«; wir sind gerichtet!). Der Alte fragte, schon unsicher : »Alles verstehe ich noch nicht – und welcher ist es denn – ?« Ich sprach : »Eine Dreiecksmessung entschiede alles (theoretisch); aber bei der Kleinheit des uns zugänglichen Raumes ist diese Methode nicht brauchbar. Aber z. B. die Anwendung des Dopplerschen

Prinzips (der Messung von Radialgeschwindigkeiten durch Linienverschiebungen im Spektrum) ergab, daß die Geschwindigkeiten himmlischer Gebilde mit der Entfernung von uns wachsen, bis an die Grenze der Lichtgeschwindigkeit; eine zunächst völlig grundlos erscheinende Abhängigkeit. Denken Sie sich aber – wieder im 2-Dimensionalen – an eine Kugel eine Tangentialebene gelegt, und die sich auf der Kugeloberfläche annähernd gleichmäßig bewegenden Lichtpunkte auf diese Ebene projiziert, so haben Sie Ähnliches. Es gibt noch andere gewichtige Gründe. Das Ergebnis ist : unser Gehirn entwirft vereinfachend (biologisch ausreichend!) einen 3-dimensionalen, euklidischen, verschwommen-unendlichen Raum, eben ein Stückchen ›Tangentialebene‹; in Wahrheit aber ist dieser in sich zurück und in einen 4-dimensionalen hineingekrümmt (denken Sie an die Kugeloberfläche im 2-dimensionalen Beispiel); also mit endlichem, in Zahlen ausdrückbarem Durchmesser. Unbegrenzt aber nicht unendlich. –«
Wind fauchte wie ein böses Tier am Klaff und suchte im Stroh. Ihre Mutter fragte halblaut : »Wann hat Alfred denn zuletzt geschrieben?« Sie antwortete gleichmütig : »Am liebsten ließ ich mich scheiden –«. Es war ein Ruck, sie hatte also geheiratet (natürlich; ich hatte damals ja auch überhaupt nicht mit ihr zu sprechen gewagt; sie immer nur gesehen; damals). Der Alte antwortete zitternd : »Also hat Schopenhauer in dieser Hinsicht doch unrecht gehabt – – und ich hatte gedacht ...«; er murmelte und sann. Anne fragte kauend (noch immer tricky, oh Du!) »Können Sie eine Zahl nennen? – Für den Durchmesser?« – Ich sprach : »Er schwankt. Dieser Raum pulsiert.« Der Wagen ruckte an, daß die Tür aufschurrte; wir fingen sie wieder und legten uns. Eins der Gotteskinder begann zu singen mit seltsam hoher und fiebriger Glasstimme; wer weiß, wie lange sie schon auf den Treckstraßen gelaufen waren. Und der Verbrecher in Berlin hetzte das ganze Volk in Tod und Grauen, um immer »größer« und »einmaliger« zu werden, ein Zwitter von Nero und Savonarola; nur schade, daß er sich der Gerechtigkeit des getäuschten Volkes entziehen würde, feiger als je-

der seiner Soldaten. Schon zu viel von ihm. – Mantelkragen hoch, und die Ohrenklappen runter; es ist hundekalt.

Noch dunkel

Wenig geschlafen; aber alles mögliche gedacht. Cooper fiel mir ein (also auch der »Hochwald«). »– es liegt etwas Fremdes und Abwehrendes in Schmuck und Feierkleid der Frauen –«; ich drehte mich auf die rechte Seite, ich sagte nachtwindleise in ein Ohr : viele Erinnerungen. Sonne, Wind. Die gelben Abende, auf der Flußscheibe entstand Schwatzen und Gelächter. Syringen im Regen. Knaben knieten schreiend am grünlichen Teich. Die Nacht begann im Weidengewölb hinter den Zweigen. Sie atmete gleichmäßig und kummerlos; im Schlaf. Warum auch nicht. War nicht alles wie eine Erzählung geworden? Und hatten auf den Fliederblättern nicht auch damals tödlich fette Raupen gelümmelt; und die blökenden Buben hatten das stille Wasser gepeitscht, bis es zischte? War nicht meine Seele auch damals gequält gewesen, und das Dasein etwas, das besser nicht wäre? Wenn ich nur hätte schlafen können. Sehr schuldig war auch Nietzsche, der Machtverhimmler; er hat eigentlich die Nazi-Tricks gelehrt (»Du sollst den Krieg mehr lieben als den Frieden ...«), der maulfertige Schuft; er ist der Vater jener Breker'schen Berufssoldaten, die, wenn man ihnen Felsblock und Keule nimmt, verhungern müssen, weil sie »halt weiter nichts gelernt haben«. Der und Plato waren große Schädlinge (und Ignoranten nebenbei : siehe Naturwissenschaften). Oh, des Morgen- und Nachmittagsgoldes im Aristipp. Und der Bart fing an zu stacheln; Wärme schien es zu bringen, wenn man ruckartig alle Muskeln im Körper gewaltsam spannte, so lange man konnte; die Durchblutung begann dann, aber es war verdammt anstrengend. Gähnen. Die Dreiviertelnacht war voller Gestank; ein Schnaps wäre das Richtige gewesen, elender Fusel meinetwegen, aber hochgiftig. Oder wurde es schon morgengrau?

8,00

Es gab einen Pfiff vorne (damit man ja auf uns aufmerksam würde; was doch die Gewohnheit macht!); dann puffte die Maschine langsam, immer schneller, Dampf aus, und wir rumpelten wieder mal. Sogar ziemlich lange. Natürlich erwachte alles und sah mit schlaffen grauen Gesichtern umher (Ja, ja; keine Angst; es ist immer noch dasselbe Elend). Das kranke Kind blühte gefährlich wie eine Rose. Da : langsamer. Schluß. Na also.

9,30

Donnerwetter, das war knapp. –

Wir hielten irgendwo um Nikolausdorf zwischen hohen Böschungen, kieferngesäumten. Die meisten stiegen aus; ich stapfte vor zur Lok : sie kriegten den notwendigen Dampfdruck nicht mit der schlaffen nassen Kohle; es könnte Stunden dauern, bis es wieder soweit wäre. Sie arbeiteten aber unermüdlich. –

Ich klomm die Südböschung hinauf und in den niedrigen grauen Tag (noch immer dünn und gleichmäßig bewölkt, aber schon wesentlich kälter). Im Norden, gar nicht so weit von uns, spritzte erdiger Schnee von den Einschlägen leichter Artillerie. Ich schrie den Heizer an : er sollte das ewige Dampfablassen mal stoppen, aber er zuckte nur die Achseln. Plötzlich kamen die Dreckfontänen sprunghaft näher; setzten über uns, wichen zurück; es pfiff in den Lüften wie tausend Schufte. Ich gröhlte entsetzt alle zusammen (wie langsam sie kamen), und der Russe schoß sich auf den Zug ein. Ich rief ihnen zu, seitlich auszuweichen, nicht etwa unter der Flugbahn hin- und herzulaufen. Anne kam sofort zu mir gerannt (geschmeidig und sportlich wie früher) und warf den Kopf neben mir auf die Kiesel. Auch die Soldaten krochen an, ihre Mutter, der Alte. Schwarze Punkte glitten aus einem fernen Waldstück – Panzer! – und auf einmal war ein vögelchenfeines heiteres Piepen über uns; ich schob ihren Kopf hinunter und kreischte zum langsam herbalancierenden Pfaffen : »Hinlegen!!« 100 Meter rechts von uns, wo der verfluchte Spirituskocher dampfte, stachen zwei mannslange schwarzrote Flammen aus den Kiefernkronen; und wieder »Huiii – Ua!« Und wieder. Eisen tönte unten im Hohlweg; schwere Lasten. Ich fragte keuchend : »Wissen Sie noch – Görlitz. Die kühle Bahnhofshalle. An Sommermorgen. –« Sie nickte gleichmütig, und ich schob mich flach an einen Busch, und hob die bebrillten Augen über den Rand. It cracked and growled and roared and howled. Aber nicht nur wir hier, sondern auch die Tanks schienen unter heftigem Beschuß zu liegen (Anne war schon neben mir und ihr Marlene-Dietrich-Profil verstörte mich wieder in selige Knechtschaft). Noch einmal klatschte einer eine hysterische MG-Salve in die Baumstämme, dann drehten sie ab und raupten wieder ins Wäldchen. Wir rannten sofort geduckt hinter der Böschung zurück : da war der Boden rot; rot, ach. Einer der alten Bauern saß stumpf und hielt den tropfenden schlenkernden Arm. Und eins der Kinder war fast völlig zerrissen von zwei Riesensplittern, Hals und Schultern, alles. Die Mutter hielt noch immer den Kopf und sah wie verwundert in die fette karminene Lache. Das kranke Ding aß alten Schnee vor Hunger und Durst; ich klopfte ihm ein bißchen die Hände; es hat ja doch keinen Sinn, ich hatte auch nichts zu essen. Dem alten Briefmarkenstempler wurde fast schlecht : »Ist denn das möglich –« flüsterte er und würgte am Speichel. Der Pfarrer tröstete die weinende Frau; er meinte : »Der Herr hat's gegeben; der Herr hat's genommen –« und, hol's der Teufel, der Feigling und Byzantiner setzte hinzu : »Der Name des Herrn sei gelobt!« (Und sah dabei stolz auf uns arme verlorene Heiden, die schamlose Lakaienseele! – Das schuldlose Kind – Seine 2000 Jahre alten Kalauer von der Erbsünde kann er doch nur einem erzählen, der keine Krempe mehr am Hut hat : Haben diese Leute denn nie daran gedacht, daß Gott der Schuldige sein könnte? Haben sie denn nie von Kant und Schopenhauer gehört, und Gauß und Riemann, Darwin, Goethe, Wieland? Oder fassen sie's einfach nicht, und mampfen kuhselig ihren Kohl weiter durch die Jahrhunderte? Das ist der Geist, der Flußregulierungen als Mißtrauensvota gegen Gott und Eingriffe in SEINE Schöpfung ablehnt. Einen Gottesgelehrten hab ich mal scharf vom Blinddarm urteilen hören : »Wenn er nicht zu was gut wäre, wär' er doch wohl gar nicht da!« – Whatever is, is right : Das gilt ja dann auch für spinale Kinderlähmung, Nonnenfraß, Sphaerularia Bombi Dufour und Herms Niels; blinde Gefolgschaft scheint immer schwarze Uniform zu tragen. – Pack).

11,00

Er wühlte das Grab mit den Händen, die er dabei kokett und andächtig betrachtete. Ich sah, wie er die Erinnerung kostbar beiseitelegte : wie würde einst seine Stimme aus herbsten Erschütterungen hertrauern können, wenn er berichtete – : – »mit meinen eigenen Händen ...« Der Affe. –

Mittag

Ich hatte mir meinen Brotbeutel umgehängt (falls wir den Wagen verlassen müssen) und mich an eine schwärzlich nasse Kiefer gelehnt. Auch die anderen standen zum Teil herum. Anne hatte eine Zigarette im Mundwinkel; plötzlich fragte sie : »Wieso pulsiert Ihr Raum denn – ?« und der Alte drängte sich heran. Ich war müde; ich runzelte unhöflich die Stirn, aber ich sagte angestrengt :

»Im endlichen Raum ist sparsam Materie verteilt; ihre Gleichartigkeit ist bewiesen durch Spektralanalyse und Meteoreinfang. Ebenso ist aller zerteilten Materie Gravitation eigen; d.h. Wille zur Vereinigung aller Atome. Beides deutet gemeinsamen Ursprung an. – Denken Sie im 2-Dimensionalen an einen aufgeblasenen Kinderballon : ähnlich wurde eine Quantität Materie und mit ihr unser endlicher Raum mit begrenzter Energie ausgebläht. (»Apropos, Blähungen –« sagte der eine Soldat, und ich nickte ingrimmig; wie wahr, mein Sohn, wie wahr! Anne lachte ehern). In den Fliehbewegungen der extragalaktischen Nebel mag sich noch diese ehemalige Ausdehnung unseres ›Alls‹ andeuten; vielleicht ist die Lichtgeschwindigkeit irgendwie mit der dehnenden Kraft zu verbinden. (Strahlungsgesetze, Ausbreitungsgesetze : Licht, Schall – und Kontraktionsgesetze : Schwere – werden beide durch das Quadrat der Entfernung geregelt). Aber die Gummihaut will sich zusammenziehen : die Gravitation ist diese ›Oberflächenspannung‹ des Weltalls, der Befehl zur Einholung des materiellen Universums, der Beweis für die unvermeidliche Kontraktion. Die homogene, gravitationslose ›Endkugel‹, in der keine physi-

kalischen oder chemischen Umsetzungen mehr erfolgen, die also ohne Kausalität und eigenschaftslos ist, wird dann für Wesen mit unserer jetzigen Hirnleistung sofort verschwinden, mit ihr der geschrumpfte 3-dimensionale Raum, auch unsere Zeit. –«
Der Pfarrer hatte mitleidig und zerstreut zugehört, aber jetzt fragte er doch erstaunt und kindlich: »Wieso? – Verschwinden – –«, und schüttelte völlig überrascht den gepolsterten Hohlkopf. Der Alte war eifrig wie ein Jagdhund geworden; das verstand er; denn seinen Schopenhauer schien er leidlich parat zu haben; er nickte gespannt und murmelte Passendes aus dem Satz vom Grunde. Der Himmel wurde schon an vielen Stellen blau; es würde Kälte kommen. Und das kranke Mädelchen kannte schon niemanden mehr, und schlug mit den Händen nach dem Fiebergott (mit dem Fuchsgesicht; dem Bündel roter Pfeile vor der Brust; siehe Weilaghiri). Ich fürchte, er wird bald wieder den da oben rühmen können.
Richtig gewaschen hab ich mich schon seit 8 Tagen nicht mehr; wir sehen alle bräunlich und schlank aus (wie Kügelgens Großvater).
Hört, hört
Ein Soldat unterhielt sich mit den HJ-Halbwüchsigen (und die BDM-Mädchen nickten überzeugt): »Wir haben noch was; wir siegen. Der Führer verfolgt eine ganz bestimmte Taktik; erst lockt er alle rein, und dann kommen die Geheimwaffen.« »Goebbels hat ja wörtlich gesagt«, erwiderte der eine Junge, »›als ich die Wirkung der neuen Waffen sah, stand mir das Herz still‹ Und in drei Jahren ist alles wieder – schöner – aufgebaut. Die Pläne liegen alle fix und fertig beim Führer im Schreibtisch.« Und so weiter. Und ihre Augen leuchteten wie die Scheiben brennender Irrenhäuser. Ich würde begrüßen, wenn die Menschheit zu Ende käme; ich habe die begründete Hoffnung, daß sie sich in – na – in 500 bis 800 Jahren restlos vernichtet haben werden; und es wird gut sein.
Die Sonne erschien auf einen Augenblick zwischen schüchternen Wolken. Ich hockte mich auf einen Baumstumpf; unten lehnte Anne am roten Wagen, ganz im Licht. Der Kopf sank mir auf die

Brust, ich schlief ein. Weit war der wimmelnde Bahnhof, Treppen und Hallen; da schrie ich schon : »Sie kommen! Deckung!« Zehntausend Traumgesichter erbleichten, an allen Wänden bargen sie sich, ich warf mich neben die Steinstufen. Oben in der klaren Luft loopten die drei Maschinen; ganz deutlich die Einzöller-Rohre aus den Tragflächen. Anne war weit von mir getrennt worden, ein Gestaltenstrom schwemmte dazwischen; ich hob nach ihr rufend den Kopf, da zuckte es schon auf den Steinen und gellte. Armlange grüne Flämmchen stachen schlank aus dem Boden, rissen tischgroße Erdfladen heraus, Splitter jaulten, man blutete. Sie flogen Karussell und feuerten, Ruck und Widerruck; durch Lokomotiven; faustgroß durchlöcherten sich Hauswände; eine Baumkrone kam brechend herab (Madonna mit der Gasmaske, Aufgabe für alte Meister) – da : Abflug! Ich rannte zurück, zu unserem Wagen (der sich plötzlich in einen Personenwagen verwandelt hatte), ich rief verzweifelt : »Anne! Anne!«, aber da trat sie schon ans Fenster. Ich kam langsam auf das Trittbrett, müde, im alten dreckigen Soldatenmantel, müde; ich faßte das herabgelassene Fenster mit beiden Händen und sah hinauf in ihr Gesicht, sah und sah. Leuchtende Stille und Seligkeit. Ihr Mund wollte sich spöttisch und ziervoll krausen, Erstaunen und zärtliche Heiterkeit, Fremdheit und Neigung. Sie zog eine Hand aus der Tasche und schob sie mir über die Stirn ins Haar. Ihr Gesicht war hell von meinen Augen; sie sann und rätselte. Sie sagte : »So viel Schmutz und Elend die ganzen Jahre –.« Streichelndes Schweigen. Schwermütig und listig bog sich noch einmal das Lippenrot, Geläche1 und Worte, gefährlich und versprechend : »Und ein Schutzengel wäre doch recht nötig, wie? –«

Ich zuckte; ich erwachte; Goldsonne und Blauschatten fleckten um mich. Anne stand vor mir, betrachtete mich interessiert und fragte : »Was ist denn los? Sie haben ja gar so innig und intim nach mir gerufen.« Sie machte eine winzige artistische Pause und meinte ironisch und wissend : »Geträumt, eh?!« Ich spannte die Brauen; ich erzählte; Wort nach Wort. Sie lauschte mit spöttisch geneigtem Ohr. »Und – c'est tout?« fragte sie, und tat enttäuscht: »– recht wenig pikant eigentlich. Soldaten sollen doch im allgemeinen aggressiver sein –«. Herausfordernd. Ich nickte höflich und sagte: »Ich weiß, ich habe mich wenig geändert. Sie allerdings auch nicht.« Sie drehte mir auflachend, dann pfeifend den Rücken (»Fräulein, heut dürfen Sie nicht allein sein ...«) hielt an, kam zurück und erkundigte sich: »Passiert Ihnen das übrigens öfter: von mir zu träumen – ?« Ich zögerte gar nicht, ich sagte verbindlich: »Ja.« Sie warf anerkennend den Kopf und meinte über die Schulter: »Etwas anders sind Sie doch geworden. Früher haben Sie bloß Augen wie Spiegeleier gemacht – na schön«. Sie bummelte wieder zu ihrer Mutter hinab. Das kranke Kind starb gerade; Och orro orro ollalu.

14,13

Trübe strömte am Himmel, zuerst nebelfein, hoch über dem hohlen bläulichen Schnee; Wind sprang fetzig im Westen auf; die Welt versank in grauer Heiserkeit: es begann zu schneien. Schwer und scheußlich.

Unten im Wagen

Alles hockt grämlich beisammen; friert, hustet, hungert. Auch Durst. Bald sollen wir wieder fahren können.

16,10

Der Schnee, der Schnee; stundenlang. Anne hatte die Hände in die Taschen gestoßen und saß unbeweglich. Der Alte räusperte sich. Noch einmal. (Er sah schon schmutzig aus und weiß und dürr.) Er sah mich beherrscht an und fragte: »Sie sagten vorhin, dies Universum sei in Kontraktion begriffen und wäre zuvor ›ausgeblasen‹ worden. Können Sie eine Vermutung für dieses Pulsieren angeben?« Er machte das Gesicht klein und faltig und lauschte angestrengt. Die HJ verglich die Panzerfäuste (zum Entsetzen der ländlichen Greisin): »... also Loch kommt auf Loch; zuschrauben ...«, sie spielten so eifrig damit, echte Kinder des Leviathan (Du bist mein lieber Sohn ...); böses Eisen und tödliches Feuer; ei, die Wohlgeratenen. Ich dachte an die irrsinnigen Hetzplakate des

Gauleiters Hanke in Breslau; wie er mit der schnalzenden Eloquenz des Wahnsinns die Staatsjugend aufrief : Schnee in die Flüsse und Bäche zu schaufeln, daß sie aufschwellen und die Feinde festhalten (wörtlich! So habe ich es selbst am 8.2.45 im Schaufenster des Kaufmanns Schneider, Am Graben, in Greiffenberg, gelesen!) Schuppig wogendes Geström, wurmhaft empört; schön. Wie er von den abgelebten Alten forderte, sich nachts mit Bränden in die vom Feind besetzten Ortschaften zu schleichen, Flammen schleudernd, mit der hohnvollen Logik : sterben müßt ihr doch bald, also gebt den Rest eurer Tage dem Führer! – Ich bin fest überzeugt, daß sie aus johlendem Irrwitz und kreischender Vernichtungsgier (und die Lust des Herostratos nicht vergessen!) Deutschland bis zur letzten Hundehütte in Lohe und Trümmern aufgehen lassen. Wie gesagt : Wiedertäuferallüren. Ein andres Kostüm, ein größerer Schauplatz. Und der Alte soll seine Antwort haben. Ich röhrte meine Stimme frei; ich sagte barsch : »Sie wissen aus Ihrem Schopenhauer, daß die Welt Wille und Vorstellung ist; er hält bei dieser Erkenntnis inne, tut den letzten Schritt nicht; aber am Ende wird dies beides in einem Wesen furchtbarer Macht und Intelligenz vereinigt sein.« Der Pfarrer hob lächelnd und heilig-erfreut den Kopf : »Gott«, sagte er nickend und beruhigt, »Sie kommen nicht um seine Tatsache herum –.« Ich wandte nicht einmal die Augen; ich sprach : »Der Dämon. Er ist bald er selbst; bald west er in universaler Zerteilung. Zur Zeit existiert er nicht mehr als Individuum, sondern als Universum. Hat aber in allem den Befehl zur Rückkehr hinterlassen; Gravitation ist der Beweis hierfür im Körperlichen. (Die 80 Kugelsternhaufen weit über der galaktischen Ebene, sind sie nicht Vor- und Beispiel? Vielleicht mögen sie allmählich in die größeren Sternwolken aufgenommen werden, aber als Ganzes; denn ihre Kontraktion dürfte weit schneller erfolgen); im Geistigen deuten auf solchen Zwang : die Tatsachen des Gattungsbewußtseins (allen gemeinsame Flugträume usw.; die beweisbar gleiche Raum- und Zeitvorstellung aller Lebewesen : gemeinsamer Ursprung) die Unfreiheit des Willens im Handeln (weiser Schopenhauer! Mit allen Konsequenzen : Möglichkeit der Zukunftseinsicht, etwa durch Träume – J. W. Dunne. – Magie), im Tode Auflösung des Einzelwesens. (Wir wünschen unsere Perpetuierung als Individuen, und diese Wahlparole haben die Religionen – Christen, Mohammedaner – deshalb haben sie Anhänger; eine Lehre – wieder Schopenhauer – die das Vergehen des Individuums im ›Allwillen‹ wahrscheinlich macht, kann nie populär oder geliebt werden, auch nicht von dem, der sie für wahr erkennt; sie hat immer vom Medusischen). Die Akkumulierung der Intelligenz zu immer größeren Portionen – siehe Palaeontologie – spricht für diese Rekonstituierung des Dämons auch in geistiger Hinsicht (Möglichkeit ›übermenschlicher‹ Existenzen : Zauberer, Elementargeister – oh, Hoffmann – wieder die 80 Kugelsternhaufen).

Um das Wesen des besagten Dämons zu beurteilen, müssen wir uns außer uns und in uns umsehen. Wir selbst sind ja ein Teil von ihm : was muß also Er erst für ein Satan sein?! Und die Welt gar schön und wohleingerichtet finden, kann wohl nur der Herr von Leibniz (›von‹ und siehe hierzu Klopstocks Anmerkungen in der Gelehrtenrepublik), der nicht genug bewundern mag, daß die Erdachse so weise schief steht, oder Matthias Claudius, der den ganzen Tag vor christlicher Freude sich wälzen und schreien wollte, und andere geistige Schwyzer. Diese Welt ist etwas, das besser nicht wäre; wer anders sagt, der lügt! Denken Sie an die Weltmechanismen : Fressen und Geilheit. Wuchern und Ersticken. Zuweilen ein reines Formgefühl : Kristalle, die Radiolarientafeln Haeckels (Boelsche meinte nachdenklich, es müsse da noch ein bisher unerkanntes Formprinzip in der Natur liegen, hoho); an sich liegt hier nur das technische Problem des Schwebens im Salzwasser vor, für welches sich die beste Näherung wohl rasch durch Selektion gefunden hätte. Andererseits : Molche, Schlangen, Spinnen, Fledermäuse, Tiefseefische, Lachs- und Aalwanderungen. Auch Cesare Borgia hatte viel Kunstverständnis. Gewiß ist unsere Einsicht räumlich und zeitlich begrenzt. Dennoch bleibt der Levia-

than, der seine Bosheit bald konzentriert, bald in größter Mannigfaltigkeit und Verteilung genießen will. –
Nichts berechtigt uns nebenbei, anzunehmen, daß unser Leviathan einzig in seiner Art sei. Es mag viele Wesen seiner Größenordnung und unter ihnen auch gute, weiße, englische, geben. Wir sind allerdings leider an einen Teufel geraten. Si monumentum quaeris, circumspice (steht auf Sir Christopher's Grab).«
Dämmerung, Dämmerung
Der Schnee stürzt lautlos vorbei; am Türspalt; Milliarden kristallener Wesen, luftgeboren, wassergestorben. (Was für Flocken mag Eisen bilden, wenn es aus der Sonnenatmosphäre auf den rasenden Glutleib niederklatscht : drachig, stachelstarr. – Oder Gold –). – Vorn von der Lok kam rauh (aber klein) der Heizerruf : »Aufpassen! Geht los!« Dampf schoß stoßweise auf; es ruckte und klapperte. Ein winziges Stückchen. Eine Hemmung. Und dann brach hinter uns ein höllisches Splittern und Bersten auf. Wieder ein Meterchen. Wieder riß es und bellte wie platzendes Holz. Ich sprang auf, zur Tür, und schwang mich durch den Spalt, fing Anne hinter mir (ein kühnes Pelzmädchen), da kam auch schon der Lokführer, und wir sahen, fluchend, daß die Ketten gerissen (zerschossen?) waren, und der Schwellenreißer – well : tadellos arbeitete. – Wir krümmten uns zwischen die Puffer, riefen die anderen und versuchten noch einmal, mit schwingenden Armen, beugend, hebelnd, den Wagen abzukuppeln. Noch einmal. Aber es blieb umsonst; Rost war in Rost gefressen; wir zerrissen uns die unbewehrten Hände. Und Eile tat not; wir mußten die paar Minuten der Dampfspannung ausnützen. So klommen wir stumm und naß in die rollende Bude, und (pfiff der verrückte Hund nicht wieder!) ab ging's. Fahrt ins Graue mit obligatem Schwellenreißer. Heil Hitler. Der Postmeister wurde auf einmal fassungslos wild; er ballte eine Faust gegen die hoffnungsvollen Jünglinge und schrie (lauter als der Satanstakt hinter uns) : »Schämt Ihr Euch nicht, diese verfluchte Uniform zu tragen?! Hört Ihr das denn nicht?! Oh, die Lumpen, die Lumpen!!« Auf stand Deutschlands Zukunft;

sie fragten erstaunt und giftig: »Wieso denn? Das ist doch prima! Da kann der Russe wenigstens nicht nachstoßen!« – Der eine, ältere, sagte ruhig und drohend: »Sehen Sie sich nur vor. Es sind noch viel zu wenig im KZ«. Und der andere (kindlich und eifrig – war es nicht nur eine Art modernen Spiels? Man brauchte doch nur ein heiteres Knöpfchen zu drücken –): »Schieß doch den verdammten Verräter über den Haufen!« Draußen wuchs das häßliche Lärmen an einsamen Häusern in unmäßige Tollheit. Eine Pappelreihe kreuzte unseren Weg. Sterne. Der Schnee war aus der Luft verschwunden. Rollen, Splittern. Rolle, Rolle – ho: langsamer. Es zerwürgte gemach noch eine Schwelle. Zögernd, genießend: noch eine. – Noch – eine – – noch. Wir standen. Ich riß die Pistole heraus; ich war ganz wütend und kalt; ich herrschte in die plötzlich summende Stille: »Wer noch einmal von Erschießen spricht, hat eine Kugel im Bauch! Haben wir noch nicht genug Elend im Wagen – ?« Gleichzeitig fühlte ich Hunger und Durst (bisher konnte ich's noch leidlich wegdenken); ich knuffte die Tür auf und hüpfte hinab: Donnerwetter: knietief! Es hatte viel geschneit. Und Moys; dicht hinter dem kleinen Stationsgebäude. Drüben zweigte die Strecke nach Kohlfurt, Penzig ab. Ich aß schaudernd zwei Hände Schnee. Und kalt war es geworden. Oben aus dem dunklen Viereck fragte eine ruhige, etwas brüchige Stimme: »Nun? Was ist? –« Du Doppelstern. Ich erwiderte: »Vor uns liegt schweres Feuer –.« »Uns –«, wiederholte sie raffiniert träge und sprang mir in die Arme, ohne die Hände aus den Taschen zu nehmen. Ich lachte laut auf; warf den Kopf zurück: »Ja. Uns!« sagte ich ingrimmig und belustigt – da rief der Heizer. –

19,30

Aus einer fernen Hügelkette stiegen lautlos die roten Perlenschnüre der Vierlingsflak. Die Kälte wurde immer strenger; trotzdem hat es noch einmal heftig geschneit, aber ganz fein und hart.

Nacht im Wagen

Die Bauern sind verzweifelnd davon gestampft. Der harte Schnee hat den Magen fast betäubt; es war ja auch Irrsinn. Der Alte scheint schwer zu leiden; er hat wohl in seinem ganzen Leben solche Strapazen nicht durchgemacht; einer der Soldaten hat ihm einen Mund voll Schnaps gegeben – dann haben sie und das Weib den Rest der Flasche ausgesoffen; sitzen und zoten. Die lernbegierige Jugend feixt beifällig durch die Nase zu den rüden Eindeutigkeiten. Vorhin, als der Pfarrer mit der unbeirrbaren Selbstgefälligkeit der Frommen wieder laut und beispielhaft vorbeten wollte, wurde er endlich angefahren : der Soldat mit der Stirnbinde gröhlte drohend hinüber : »Hör' bloß auf mit dem Mist –«, und auch der Alte hob den Kopf von der Brust; er sagte scharf : »Sie können ja für sich beten, so viel Sie wollen, aber verschonen Sie uns damit – aufdringlich –«, murmelte er angewidert. Als der Schamlose dennoch – wenn auch etwas leiser – weiter Bitten und Versprechungen an seine fanatischen Gottheiten richtete, (siehe Libanius, Schutzrede für die Tempel. – Zur endgültigen Klarstellung : das wahrhaft schöne, obwohl nicht originelle »Liebet Euch untereinander!« als lebendig wirksame Praxis, hat stets selbstverständliche Billigung und Förderung aller Redlichen erfahren und wird es immer. Nie aber die wertlosen erkenntnistheoretischen Ambitionen der Christenfibel; nie der völlig willkürlich aufgebaute Machtapparat der Kirche und dessen beispiellos fürchterlicher jahrhundertelanger geistiger Terror. Denn erfunden ist ja nicht von Stalin oder Hitler oder im Burenkriege das Konzentrationslager, sondern im Schoße der heiligen Inquisition; und die erste abendländisch exakte Schilderung eines wohleingerichteten K.Z. verdanken wir ja der allerchristlichst pervertierten Phantasie Dantes – bitte, es fehlt nichts : die Jauchegruben, die Eiswasserfolter, der ewige Laufschritt der klatschend Geprügelten; für Zweifler sind Feuersärge bereit und unnötig Wißbegierige – Odysseus – werden majestätisch zerblitzt : – denn »das sind eben doch am Ende die eigentlich kräftigen Argumente der Herren Theologen; und seitdem ihnen diese benommen sind, gehen die Sachen arg rückwärts«! Verlange doch der jetzt nicht Toleranz, der sie 1500 Jahre, als er »an der Macht« war, nicht geübt hat! Écrasez l'infâme!) verwickelte er mich in ein Gespräch über die historischen Quellen, aus denen ich etwa einiges meiner Ansichten geschöpft habe. Ich raffte mühsam zusammen, was dergleichen noch in den Ruinen meines Wissens herumlag (Bilder Piranesis fielen mir ein : römische Ruinen in hellen und windigen Abendlichtern. Schlankgliedrige Bäumchen. Spitzhütiger Bauer treibt starkgebärdig ein Eselchen mit glatten Weinschläuchen. Kühle und Heiterkeit, Abendgold, aurum potabile. Die Natur – d.h. der Leviathan – weist uns nichts Vollkommenes; sie bedarf immer der Korrektur durch gute Geister. – Vergl. Poe's Definition vom Wesen der Poesie. Leider sind sie in der verschwindenden Minderzahl.) Ich nannte aus erstarrender Müdigkeit – oh, die Kälte, die Kälte – das Wort Emanation; dazu : Gnostiker und Kabbalisten (verfinsterter Gott; Welt = modificatio essentiae divinae = Deus expansus et manifestatus. Lehre vom mundo contracto et expanso; Oken's »rotierender Gott«), Pseudo-Dionysius, Scotus Erigena, Almericus, David de Dinanto. Pause : die trunkenen Soldaten schlugen aus; keuchten, warfen sich bellend über die Nutte. – Ich sprach schamvoll lauter (daß Anne nichts hören möge – ach, sie hörte es ja doch!), ich nannte den verehrungswürdigen Namen Giordano Bruno (spatio extramundano), Spinoza, Goethe, Schelling, Poe Trismegistos (Heureka), die neuen Mathematiker und Astronomen, bis der Alte erstaunt und kränklich erfreut aus weißdornigem Munde lachte (es war ihm scheinbar wohler, so viel Autoritäten mit sich zu wissen. Von der Geborgenheit.) Meinetwegen auch Nietzsches Physikalischer Witz von der ewigen Wiederkunft : was das manchmal für ein flacher Kopf war! (Daß sein Macht-Leviathan begrenzt und »also« – ist das nicht eine exakte Begründung, so gut wie eine im Aristoteles?! – selbst sterblich sein müßte, hat er wohl gar nicht gedacht). – Die Religionen mit ihren »Schöpfungen« und »menschgewordenen Göttern« (obwohl sie alle dann den Fehler begehen, ihren Gott trotzdem unverändert weiterbestehen zu lassen). Ehrwürdiger Buddhismus (für wen K.E. Neumann zu langstielig ist, mag's mit dem Pilger Kamanita versuchen); die Poly-

theismen der Alten (die wußten noch, daß der große Pan sterben konnte!), die »zerteilten Götter«; Orpheus, Thammuz, Linos, Adonai. Elementargeister. – Schweigen. Weinen aus der Pfarrersecke; HJ krächzt ein »Kampflied« (oben gebärden sie sich heldisch-rein, aber die Fundamente stehen im Blutsumpf von 20 Millionen teuflisch Geschlachteten. Ich habe diesen Monat in Pirna ein KZ auf dem Marsch gesehen : Judenfrauen und ihre Kinder, alle fürchterlich abgezehrt, mit unirdisch großen dunklen Augen, daneben fluchende rotbackige berittene SS-Henker, in schweren graugrünen Mänteln, wehe!) – Der Alte warf sich vor; er fragte schrill : »Wie? Auch der Leviathan stirbt?! –« Ich hörte aber nichts mehr. Ich erstarrte in Kälte und Schlaf.
(Einmal ganz fern schweres erdbebengleiches Rollen. Lange. Wie ein Riesenluftangriff. Dresden? Gott spaziert auf Bombenteppichen.)
Gegen Mitternacht erschien ein Stück Mond im Himmel
Ihr Gesicht wurde gleich hellgrau und starr. – Der Schnee kreischte im Takt heran; es schlug an die Tür; der Heizer. »Kommt raus! Schaufeln!« Ich streckte mich steifbeinig hoch, schob ihr Halme hinüber und sprang durch die Tür in die nahe Silberfläche : da wimmern sie alle in der eisigen Nacht. Die Schienen blinkten manchmal blau; Reif hing an den Weichenhebeln. Wir hieben und schaufelten an den Rädern herum, gafften erschöpft in perlmutternes Gewölk, in eckigen Blockbuchstaben stand's im Schatten am Stellwerkturm.
Der Frost, der Frost. Wir bohrten mit marmornen Händen am strahligen Eisen. Beißendes Schneepulver schwebte um Nase und Mund. Ich würde Sie aus silbernen Lidern ansehen. Der Alte stürzte mir an die Schulter; ich zog uns in den Wagen.
Spät. Spät
Der Mond grellt im Pappelgang. Stimmen berieten unten. Ich hielt lautlos die Gesichtsscheibe an den Spalt. Die Jungen stützten sich auf die Panzerfäuste, einer sagte : »Wenn wir beide zugleich losdrücken, geht der ganze Karren mitsamt den Verrätern und Pazi-

fisten hoch –« (Pazifisten, das ist ihnen das größte Schimpfwort, das Volk aber schreit »Heil!« dazu.) Ich zog rasch die Pistole, entsicherte, und legte am Türrahmen an. Der andere sann; dann meinte er (Oh, des Bedachtsamen, Einsichtigen : nein, welche Reife!) »Es sind aber noch die beiden Soldaten drin, der eine, Verwundete.« Pause. »Aber einen Schreck einjagen müssen wir den alten Säcken«, entschied der Erste, »Du : wir schießen zwei davon gegen den Bahnhof ab! Mensch, die machen sich ein!« Schon prustete jener nickend und erheitert. Sie nahmen Deckung; sie hoben die Röhren, knipsten. Krach und Schlag kam ungeheuer. Sie schulterten prahlend ihr Gerät und schritten breitstakig von dannen. Die Sieger. (Ein Stein der einstürzenden Front hat Wagenplanken eingedrückt. In dem engen Raum ist man halb taub).

6,18

Alles aus. –

Wir fuhren an, nur ein paar hundert Meter, waren sogleich auf dem Viadukt. Es hallte. Nur gut, daß es so langsam ging. Hoch über dem Fluß. Da riß es auf einmal den Waggon vorwärts. Stand wieder. Die Vorderwand platzte. Es ging alles so schnell. Wir hasteten vorsichtig hinaus : da fehlte die Brückenwölbung vor uns; die Lok hing schräg über dem Abgrund (und hinter uns hat der Schwellenreißer gefressen!!), Feuer brach aus dem geborstenen Kessel, und sofort begannen Granaten in der Luft zu singen (schönes Ziel, was?!). Sie tasteten sich (schreiend in der jaulenden Finsternis) auf der geländerlosen Riesin nach hinten. (Einer mochte stürzen; denn Geheul flog blitzschnell nach unten). Da : ein zackiger Feuerturm stand brüllend am anderen Ende. Wir (Anne und ich. Wir.) krochen stumpf (mit jagenden Herzen) in den Wagen. Die Eisendämonen schrien und jauchzten um uns, über uns, unter uns. Noch oft krachten die Einschläge hinten, und einmal schütterte es, als breche ein Berg zusammen (und Brausen von gurgelnden Wassern).

07,00

Eisiger Nebel wallt auf, schluchthoch. (Hel, die Wasserhölle.) Es hellt noch nicht.

07,10
War draußen, stolpernd. Gestützt auf Steinblöcke im Eisrauch. Acht Kleinschritte hinter dem Reißer gähnte still der Nebelpfuhl. Ich hob zwei Kiesel von der Beschotterung und warf den einen über'n Rand : es schluckte nicht einmal, blieb alles still und blicklos. Ich schwang den andern in steinerner Faust; mattsausend entfernte er sich nach dem anderen Ufer. Horchen. Nichts. Ich nickte sinnlos und geheimnisvoll. Gut, gut. Ich wandelte zurück; ich klomm ins Wagenwrack; ich sagte zu Anne : »Auch hinten eingestürzt. Wir sind allein; mitten und hoch über'm Fluß.« Sie blies unwillig durch die Nase; sie wies mit dem Fuß voraus : »Er stirbt –« sagte sie stirnfurchend. Ich trat breitbeinig durch's erste Grau; der Alte saß steif aufgerichtet an der Bohlenwand und atmete rasselnd; ich sah mich um : niemand mehr sonst im Waggon. Ich zog die rechte Hand aus der Tasche und packte sie ihm auf die dünne Schulter; die Augen gingen auf : sie waren noch klar. Er sah mich fest an; der graue Mund spaltete sich angestrengt ein wenig, die Brauen rangen : »Der Leviathan –« heiserte er, zwang (amüsiert sich höhnend) eine Mundecke hoch : »– nicht ewig – ?« Anne war neben mich getreten; mein Mantel spürte ihren Pelzärmel. Ich fühlte mich hager und ausgehöhlt, jahrhundertealt (wie Harry Haller), ich antwortete dem Tapferen : »Seine Macht ist riesig, aber begrenzt. Daher auch seine Lebensdauer.« Ich wartete; seine Augen schlossen sich einmal mühsam und dankbar : er hatte verstanden. Ich sprach rasch : »Buddha. Lehrt eine Methodik des Entkommens. Schopenhauer : Verneinung des Willens. Beide behaupten also die Möglichkeit, den Individualwillen gegen den ungeheuren Gesamtwillen des Leviathan zu setzen, was aber in Anbetracht der Größendifferenzen zur Zeit völlig unmöglich erscheint, zumindest auf der ›Menschenstufe‹ der geistigen Wesen. Vielleicht löst sich die Bestie aber in ›Diadochen‹ auf (christliche Andeutung in Luzifers Rebellion; umgekehrt will Jane Leade mit vielen Guten in einer magischen Kraft zusammen wirken und so die Natur paradiesisch erneuern – ist ein Ziel : Aufstand der Guten), und diese

wiederum in immer kleinere Einheiten, bis endlich ›Buddhismus‹ möglich wird und so das ganze Gebilde zur Aufhebung kommt. – Vielleicht sind noch andere Wege –«. Er sah mich zuerst gequält an, arbeitete; die Augen wurden eulig, rauchig, ah : ein Funke. Er flüsterte : »Gut.« – Der hohe Kopf knickte ab, nach vorn; ganz beruhigt, lang, hörten wir : »Gut ...« – Da richtete ich mich auf.
08,20
Wir erröten im Licht. Oh, greasy Joan.
Ende
Wir werden in die grobrote bereifte Tür treten. Goldig geschleiert wird die Teufels-Winter-Sonne lauern, weißrosa und ballkalt. Sie wird das Kinn vorschieben und bengelhaft den Mund spitzen, die Hüften zum Schwung heben. Starr werde ich den Arm um sie legen.
Da schlenkere ich das Heft voran : flieg. Fetzen.

Enthymesis oder
W. I. E. H.

3. Tag
Wir haben heut alle mehr Schritte gebraucht; der Wind kam zu heftig und kalt. Außerdem wurde gegen Mittag der Sand tiefer, und ich ließ deshalb ein paarmal von Mabsut das Stadion vor uns auslegen (so brauchten wir keine schädliche Unterbrechung vorzunehmen) : natürlich hat sich der Schritt noch mehr verkürzt; ich verglich vorhin mit Aemilianus, auch er hat nach allen Reduktionen weniger als sonst. Deinokrates erhielt beim Abschluß fast dieselbe Zahl wie ich, das sind 196,34 Stadien, wir einigten uns alle 3 nach der Geländediskussion auf 195,82 ± 0,41. Im Ganzen haben wir also jetzt 623,13 ± 1,04. – Wenn ich mir überlege, wieviel Fehlerquellen in unserem Verfahren verborgen liegen – ach, ihr Götter! Halten wir auch genau die Nord-Süd-Richtung ein? Schätzen wir bei welligem Gelände den Abzug für die Luftlinie richtig? Und unsere Schrittlänge? Verzählen wir uns auch nicht? Wind? Sand? Und schon am zweiten Tag mußten wir einen Umweg von nahezu einer halben Stunde machen, weil eine lange Felsrippe, zu steil zu überklimmen, unseren Pfad kreuzte (Pfad – dabei gehen wir wie Wolken im Blau : vor uns kein Weg; hinten verwischt ein Windstoß die Spur. – Ich hätte besser »Richtung« sagen sollen; man ist immer noch zu faul, korrekt zu denken. »Man« und »immer noch« d. h. »ich« und »schon«) –
Spät abends. Kalt. Große blakende Sterne (Listig wie Augen; gähnen, blinzeln. Die ganze Nacht). Mabsut kam um das stoßweise qualmende Feuer und massierte mir selbst die Beine. Ich bin der Einzige, der sich mit ihm unterhalten kann, und so erscheint er manchmal, tut flüsternd, soweit es seine Würde als Karawanenführer zuläßt, einen oder auch zwei Aussprüche, und sinkt dann, langsam die weiten Gewänder raffend, wieder zurück. Heute schwieg er. Gut.
4. Tag
24998 – 24999 – 25000! – Man ist jedesmal froh, wenn es wieder soweit ist. (Nebenbei Ergebnis : 827,14 ± 1,85.)

Heute früh haben wir die letzte Wolke gesehen; in den Falten eines hellbraunen nahen Bergknäuls zur Rechten stieg eine schlanke lockige Nebelsäule auf, dehnte morgenselig in den kühlen Schatten silberbreite Riesenschultern, reckte sich über den harten Gipfel mit goldenem Wildlingshaupt – ach, und frischer blauer Frühwind zog an uns, die Kleider bogen sich in raschen kurzen Schwüngen um alle. Und der Hund Aemilianus stand wie aus Marmor kalt und sicher und wartete höflich und verächtlich, bis ich begann, schweigend nach Süden zu schreiten. – Ich zweifle keinen Augenblick daran, daß der Alte ihn mir mit vollster Absicht zuteilte; er hätte auch bestimmt viel lieber ihn zum Führer gemacht, aber das wagte er doch nicht, weil es einen Skandal in der ganzen Schule gegeben hätte. Ich habe ihm zu oft vor allen bewiesen, was für ein – ja, flacher Kopf er ist (ein Wundergedächtnis und größte Systematisierungsfähigkeit machen noch nicht den vollkommenen Genius!); und es ist interessant, wie selbst er, der geistige Tyrann in Alexandrien, sich doch nicht traute, mich als einfachen Bematisten hinauszuschicken. Aber los sein mußte er mich, weil er meine öffentliche Kritik nicht länger ertrug, und da er mich für einen »bei allem Scharfsinn zu phantastischen Kopf« hält (das hat er wörtlich zu Philippos von Syrakus gesagt!), war ja noch die Wüste da und der Sirius als ehrenvoller Auftrag. (Wie hat er beim Abschied gehöhnt : endlich werden wir einmal gesicherte Maaße für den Erd-»Ball« erfahren – obwohl er weiß, daß ich die Ge als Scheibe ansehe –) Nun, schon zu viel davon. – Und dann dem »warmen Kopf« rasch noch den Aemilianus beigegeben – oh, Eratosthenes ist klug! Und Philopator bezahlt alles!
Ich ging in den bunten Kreis der Nasamoner am zweiten Feuer, wo der kleine runzlige Tarfan in seinem rauhen Dialekt wieder ein Märchen erzählte; er wiegte sich, und sprang auf, und hob keuchend die Last unsichtbarer Goldgefäße, aus deren schimmerndem Flaschenmund klappernde Edelsteine stürzten; er strählte mit den mageren Krallen risch den Bart, und blähte sich giftig, daß der Kreis erregt raunte – schade, ich hörte nur das Ende noch;

man warf neues Gestrüpp in die breite wogende Flamme, und ich konnte mit Mabsut wieder den Weg besprechen : in 1 oder 2 Tagen werden auch die letzten Büsche verschwinden.

5. Tag

Als ich ein Kind war, erschienen mir alle Erwachsenen verehrungswürdig, Eltern und Lehrer preislich wie Götter. Wenn ich nunmehr zurückdenke, sehe ich nur den Kleinen ernsthaft am Feuer sitzen und mit einem Holzschiffchen spielen. – Deinokrates erzählte in seiner hübschen lustigen Weise von Jugenderinnerungen (er ist ja noch so jung, kaum 17); sein Vater ist Standortältester in Kelainai, und die glatte unendliche Königsstraße hat sich wundersam in alle Träume und Spiele des Knaben geschlungen; fast schwarz im Mondschein, wenn die unermüdlichen Boten des Angareion darüberflogen. Viele Erinnerungen noch an die Großkönige; Inschriften, Denkmäler, Hallen. (Aemilianus machte sich manche Notizen und fragte nach der Befestigung der Stadt, der Stärke der Garnison usw. – Was das für ein kaltes Reptil ist! Dabei ausdauernd und muskulös; er ist ebenso groß wie ich, aber sein Schritt ist bedeutend kürzer, eben ein rechter, dem uniformierten Gleichmaß angepaßter, Soldatenschritt). –

Mond floß mir durchs nickende Gegitter des duftenden Salbeibusches ins Schlafgesicht : stürzte ich nicht in gebauschten Seidengewändern durch wimmelndes Traumvolk? – Einmal stand ich vorm Haus meiner Kindheit in Pantikapaeon; auf die roten Ziegel am gewölbten Eingang waren Worte gekritzelt, eins davon »Psillos«. So hieß ein Halbbarbar, mit dem ich einmal ein paar Tage am Istros auf Posten stand : was wollte sein Name an dem alten Haus? – Die Philosophen begehen zwei Kardinalirrtümer; sie fassen das Wesen der Zeit und des Ichs viel zu einfach (Ausnahme : Dacqué?). Die Zeit ist zumindest eine Fläche, keine Linie; am Tage ist der Geist wie ein Schiffer auf einem Fluß, und der Nachen treibt; im Traum, zur Nacht, kann er aussteigen und über die Fläche des Zeitenstromes dahinschweifen – das Bild ist nicht schlecht (Zukunftsschau; freier Wille usw.); nun – noch viel zu forschen.

6. Tag

(1206,18 ±2,75) Nur gut, daß wir uns an Datteln und Wasser und das dürre Brot schon vorher monatelang haben gewöhnen müssen; und in sich ständig steigernden Märschen an den Wüstenboden. – Wir erzielten heut weniger Weges; denn wir mußten rechtwinklig (nach links) zum Brunnen abbiegen. Ich habe für morgen und übermorgen Rast angeordnet; wir haben alle Schläuche zu füllen; die Kamele müssen sich sattessen und ausruhen. (Das Wasser ist süß, aber es macht die Zähne stumpf, finde ich.) Um den Brunnen wohnen nur 2 Familien Nasamoner (obwohl ihre Mundart schon erheblich abweicht; z. B. Mabsut sagt »Ogron« für Sonne; die hier »Ugrnja«). Schmutziges und schweigsames Volk; sie verkauften uns für hellrotes Tuch ein paar Säcke mit Datteln. Die Kleinen spielten mit Eidechsen oder quälten große tastende Käfer. Kinder sehen noch schlank und am menschlichsten aus. Aber wenn sie erst einmal über 14–15 sind, dann fangen in ihren Leibern die entsetzlichen Drüsen an zu arbeiten; sie behaaren und bebarten sich, ihr Äußeres wird tierischer, und der Rest ihres Daseins bis ins hohe Alter ist nur noch ein unaufhörliches zähnefletschendes Brunstrasen. –

Ich muß auch noch einen anderen Zählapparat ersinnen; Deinokrates nimmt jeden Morgen gottergeben seine Kette und läßt den ganzen Tag die verschieden geformten Perlen durch die Finger laufen. Aemilianus macht täglich 2500 Punkte (bei jedem zehnten Doppelschritt einen) auf seine Wachstafel. Ich habe bisher mein Zahnradsystem mit dem Daumen betrieben, und ich glaube, es ist immer noch das Beste von den dreien; aber es müßte noch einfacher gehen, wenn man z. B. die ja bei jedem Schritt zwangsweise erfolgende Beugung des Knies verwerten könnte! Nur wie diese auf ein automatisches Zählwerk übertragen?! –

Der Abend verglomm schön und grün. Friedlich. Die frühen Feuer. Einer der Bewohner erzählte, daß von den kupfernen Berghauben im Westen eine hohl sei, ein scharfgeränderter Abgrund mit hohen alten Bäumen darin. Eine Wegstunde von hier. Werde morgen mittag hingehen und ihn als Führer mitnehmen; außerdem einen von unseren Leuten (Tarfan, der Hakawati, will auch noch mit; meinetwegen!). – Das ganze Land hier unten im Süden ist ja noch so gut wie unbekannt; außer ein paar gelegentlichen Vorstößen in die Wüste, von denen aber kaum Berichte vorliegen, weiß man nichts davon (»... denn da kommen als Scheidewand hohe Berge, auf denen sollen Leute mit Ziegenfüßen wohnen, und über denen welche, die schliefen 6 Monde lang, und kein Mensch weiß, wie es dort aussieht ...« Wie habe ich als Knabe mit bebendem Herzen solche Stellen im Herodot gelesen; und vom Sataspes).

7. Tag

Am Kraterrand (glühender Mittag) : ich sitze schon seit einer Stunde hier oben.

Wir brachen früh auf und gingen etwa 35,7 Stadien weit (ich kann das verfluchte Zählen kaum noch lassen!); dann befanden wir uns schon mitten in der ödesten Bergwildnis. Der Führer deutete auf eine etwa 1 Stadion hohe rötliche Steilwand und wisperte schüchtern : »Da soll es sein ...« (Er selbst war also noch nicht darin gewesen.) Da sich die Stelle als unersteiglich erwies, umkletterten wir spähend fast zwei Stunden lang den ganzen tief gespalteten Mantel des Bergstumpfes, aber überall schrofften die Wände unzugänglich, zuweilen gar überhängend, bis wir endlich wieder an der Ausgangsstelle angelangt waren (das Ganze ist von einem Gewirr größerer und kleinerer Hügel und rötlicher Felsen umgeben, die sich nach Westen und Süden manche Wegstunde weit hinstrecken mögen). Tarfan und ich begannen dann in einer mannstiefen schmalen Rinne den Anstieg und brauchten nahezu eine Stunde für die kurze Strecke; wir schritten über einen 2 oder 3 Stadien breiten unebenen rissigen Steinring und blickten dann völlig unerwartet tief tief hinab in ein fast kreisrundes weites Tal. Mächtige allgrüne Baumwipfel standen unbeweglich in der sengenden Mittagshitze unter unseren Füßen, ein glühender Teich blaute weit drüben in den duftenden dünstenden Wiesen; ich zitterte vor Erregung! – Also (ruhig beschreiben!) : Es wird etwa 12–15 Stadien im Durch-

messer haben; die Wände senken sich sehr steil nach innen, und die eigentliche Talsohle mag in der gleichen Ebene (vielleicht etwas tiefer?) wie draußen die Wüste liegen. Wir sind ein Stück auf dem alten Kraterrand (denn es ist ja bestimmt ein Vulkan gewesen; die Innenwände sind zum Teil noch mit glasigen Lavastreifen bezogen!) entlang geklettert, um Nadelgefels und Blockwerk herum, und ich habe im Großen alles überblicken können. Eine ganze Familie glatter Teiche, durch schimmernde gewundene Kanäle verbunden, liegt drüben in der südlichen Hälfte. Myrrhenbüsche stehen im stillwuchernden heißen Wiesenmeer; nie sah ich solch mächtige uralte Bäume. Ich muß leise ein Stück hinunter. (Oh, ich weiß : es ist windgeschützt, und das Regenwasser kann durch die Lava nicht absickern; die Pflanzensamen wurden wahrscheinlich durch Vogelkot eingetragen – man kann ja alles erklären! – Aber – ach, kein »aber«; wer Narr sein *will*, versteht mich doch nicht!) Tarfan sitzt reglos an einem Felsblock und ist irgendwohin in sich versunken. – Hinab! –
Ganz weich ist der Boden; nur ich bin zu schwer; die Luft ist wie Glas. Zu starker Kräuterduft; er füllt mir den Flüstermund wie unsichtbares Getränke. Lautlos brennt im Moos die grüne Feder Farn. Und ich will mich den Teichen nahen, unter dem runden Himmel. Kein Fisch schnalzt mich an; keine Blume bläht die grelle Farbenschale. Nur tiefes und helles Grün, und nahe und ferne rötliche Felsenmauern, gluthoch und wildverzahnt. Ich bin auf ganzen Sohlen zurückgetappt : es ist so heiß und starr und wuchert in schlafhafter Grüne. Manche Schlankbäume haben ein enganliegendes Schuppenkleid, rhombisch und sandelbraun; ich gleite lautlos und langsam durch ihre Fiederschatten. –
Oben
Tarfan, als ich ihn aufrütteln wollte, hob zerstreut abwehrend den Arm und wies murmelnd nach einer der goldenen Lichtungen : da sah auch ich es ganz deutlich : es bewegte sich. Ich kauerte mich zu ihm nieder, ich fragte : »Was ist das?« Er antwortete mittagsleise : »Aegipane –«

1 Stunde später
So schrill und rauh pfiff es unten, daß wir nach den Seiten fuhren; die Blattkuppel der Baumsäule unter uns öffnete sich sparsam und ein blätterschuppiges Maskengesicht tauchte aus der Pflanzentiefe, grasfeines Grünhaar als Wallemähne; halboffen schmal ein Starrmund – es riß mich an den Rand des Felsens, ich wollte mehr wissen : da plappert es erschreckt und hölzern, zu raschelt das Laubfenster. Tarfan zeigt wie abwesend in die fernen Wiesen; da springt und federt es noch immer, Gestalten wie aus Goldluft und Smaragd gemischt. –
Im Lager, Abend
Geschwiegen über die Ae.; nur Belangloses von dem Bergland erzählt. (Aemilianus hatte schon wieder die Schreibtafel bereit.) Um die beiden abzulenken, habe ich ihnen folgendes zu überdenken gegeben : Eratosthenes sagt, die Erde sei eine in 24 Stunden einmal rotierende Kugel von beiläufig 70 000 Stadien Durchmesser; mit welch phantastischer Geschwindigkeit bewegen wir uns dann hier in jedem Nu? Müßte nicht diese Riesengeschwindigkeit eine so große Fliehkraft entwickeln, daß die Erde im Äquator zwangsläufig gedehnt würde? Sie könnte also keine Kugel mehr sein. Außerdem ist geometrisch die Kugelform nur ein äußerst seltener Grenzfall unter den unzählig vielen Rotationsellipsoiden, so daß (wenn schon die Erde eine in sich zurückgekrümmte Fläche sein sollte, – was ich bestreite!) nur ein solches in Frage kommt. – Deinokrates war gespannt und interessiert wie ein junger Jagdhund; Aemilianus stand kühl an eine Dattelpalme gelehnt (notiert zwar hatte er alles!) und fragte : »Und was Praktisches folgt daraus?« (Wenn ich Eratosthenes wäre, oder wenn Eratosthenes ein bedeutender Mann wäre – Haha : *ist* das nicht eine prächtige Formulierung!! – würde ich einen Menschen, der so fragen kann, nie als Schüler annehmen! Praktisch! Der Bube! Nun, ich will ihn bedienen!) – Ich sagte leicht höhnisch (er sollte es merken, und nahm es auch kalt zur Kenntnis) : »Hat man das in Rom noch nicht entwickelt? – Du erinnerst Dich wohl, wie ich mit Era-

tosthenes sprach, daß, wenn die Erde ein Ball sei, wir z. B. mit der Formel H = a · tg alpha die Höhe eines Berges stets zu klein messen würden, weil ja sein Fuß immer tiefer steht als wir selbst.« Er nickte mit hochgezogenen Augenbrauen (vermutlich dachte er auch daran, wie E. damals völlig verdutzt geschwiegen hatte – der große E.!). Wenn nun aber die Erdoberfläche keine gleichmäßige Krümmung hat, d. h. wenn die Größe dieses »Tieferstehens« sich, wenn auch mathematisch durchaus erfaßbar, änderte, je nach dem Ort, wo ich mich befinde, ja, auch dann noch mit der Richtung wechselnd, in die ich schaue, und der Entfernung des beobachteten Punktes – Deinokrates legte verwirrt eine Hand an die Stirn – ich zeichnete ihnen eine Ellipse in den Sand, und machte ihnen das Problem klar. Nun sitzen sie mit gepreßten Lippen und grübeln. (Auch der praktische Emil – ich verwette meinen Kopf, daß Rom ihn als Spion zu uns geschickt hat; zum »Nutzen des Staates« viel »praktische« Kenntnisse zu sammeln; für Vermessungszwecke, damit man möglichst rasch Marschstraßen abstecken und militärische Karten zeichnen lernt. Selbst sind sie zu beschränkt – eben »national« – mich packt der Ekel; ausrotten müßte man diese kalten Machtschufte. Pfui.)

8. Tag

(bevor die Sonne aufsteht) Ich habe mir im Schutz der Decken das Säckchen mit meinen Privatsachen herangezogen, und von dem glashellen scharfen Branntwein geschluckt. Schön, so am Morgen zu trinken; es wirkt fast unmittelbar, gleich nach 2, 3 Minuten; und man braucht ganz wenig. Und ist eine Stunde lang wach wie ein Gott! – Da : schon kommt's! Nun sehe ich jedem Menschen nur ins platte Gesicht, und errate sogleich : Du bist ein Schuft! Und Du ein Schwein! Und Du ein Narr! Aemilianus ist dies alles : Deino wird es. Nur Tarfan, der Bunte, ist anders; aber er ist nicht scharfsinnig genug – doch schon zu viel von ihnen, ich will die Stunde nicht vergeuden.

Die zehnstellige streicheln; ich liebe sie wie die Einsamkeit; und warum? Pah – herhören (Wer soll herhören – Was?!) : mit 6 beginnen unendlich viele Zahlen, mit 62 schon weniger, mit 62457 nur noch einige, mit 6245763016 keine mehr, die ihr Pöbel kennt; und dahinter tauchen aus unendlichen Zahlentiefen mehr auf, mehr auf, mehr, kommt – ach Ihr! Und deswegen die Hand hoch zu alpha Lyrae – hoho, wer erräťs? –

Ich habe früher einmal zu Eratosthenes geäußert : Das Kennzeichen des Geistes ist, daß er die Unendlichkeit will; nun sei die Scheibe unendlicher als die Kugel, also müsse die Erde eine Scheibe sein. Und fügte ungeduldig hinzu, ob er nicht mitfühle, wie fürchterlich es wäre, wenn man eine Kugeloberfläche einmal fertig entdeckt hätte? Er nickte gleichmütig und erwiderte lächelnd : »Damit hat's noch gute Weile.« Na schön. Dann wünsche ich gute Weile. (Natürlich kann einer weder ein guter Staatsbürger noch auch persönlich glücklich werden, der sich Gedanken über das Treiben der Menschen – und Lebewesen – vor und nach tausend Jahren macht. Oder über die Psyche und Mneme der Pflanzen.) Dies Wichtigste aber verschwieg ich : wo soll man denn hinfliehen, wenn die Erde eine Kugel ist? Daß man endlich einmal in kein Menschengesicht mehr entsetzt starren muß (und wirf auch jeden Spiegel weg, und schließe beim Trinken die Augen!). Könnten sich dann nicht von allen runden Seiten die geschäftigen Haufen händereibend näher drängen; und flüchtete man bis zum Pol, sie würden auch diese letzte Wölbung erwimmeln mit ihren zischenden geilen Gesichtsscheiben und mit metallschmutzigen Höhnefingern auf den Einzelnen weisen, der angewiderten Mundes die Gewänder um sich rafft! – Nein, nein, ich will, daß sie eine Scheibe und so unendlich sei : nun folgt doch, ihr gaffendes Pack, wenn ihr könnt! Überwindet ihr auch noch den ersten gehügelten Forst und das erste Meer, so zaudert ihr schon beim zweiten und dritten – aber das zehnte?! – Aber das hundertste?!! – Und ich klimme lachend im ödesten Gestein und durchziehe unermüdet die Wüste (und möge Wind hinter mir sein, der alle Spuren verweht; und einen falben Mantel will ich tragen, daß mich niemand im Sandmeer erspähe) – nur Helios über mir im sprühgold-

nen Schiff; und zuweilen mögen Dämonen kommen. Schon winkt ein neues silberschäumiges Meer, Inseln am Horizont. –
Blutbruder Gras, ich liebe Dich / Dein Wasserglanz stürzt über mich / wie eine Schale Tau. / Ich hebe meine Hände her / und streichle Dich so süß und schwer / und mehr und immer, immer mehr / wie die geliebte Frau. / Die Himmelsschale blau / vergießt ihr schmetternd goldnes Licht / über mein sinkendes Gesicht; / ich wehre nicht und streite nicht / der Wind, der weiße Wolken flicht, / kommt herrisch und geht lau. / Die Wolke steht und sieht mich an; / der Bach läuft blau und blank heran / auf seinen Silberfüßen, / der Mittag geht, die Dämmrung geht, / der Abend voller Feuer steht / und weiße Sterne sprießen. / Ich singe unbestürzt und laut / an Wasser, das aus Teichen blaut / Windsbraut ist meine wilde Braut: / Einst hatt' ich eine andre. – / Die schwatzt und lacht nicht halb so schön, / wie Räder, die in Bächen gehn, / in weißen, weißen Wässern gehn, / indes ich rufend wandre. / – Weh mir! Das Schwein Aemilianus kriecht aus den Decken! –
9. Tag
(1407,34 ± 3,18, d. h. über 200 Stadien; nun, wir waren ausgeruht, obwohl's am Ende nur noch Sand und Fels war.)
Abends viele Worte gemacht gegen die Darstellung des unbekleideten Körpers in der Kunst. Es ist ja geradezu wie ein Fluch, daß unsere Bildhauer und Maler (in wohlberechnender Spekulation auf die Lüsternheit des Publikums) nur noch nackte Weiber zurechtschmieren und -hacken. Und ihren Produkten dann Namen geben wie »Mittag« (wenn sie besonders fett und schläfrig geraten ist), oder »Schwermut«, oder sie machen eine »Kniende« und »Sinnende«, gerade als wenn man diese Tätigkeiten nur noch im unbekleideten Zustande auszuüben vermöchte. Emil hob kühl verwundert die Augenbrauen und meinte abweisend, aber es sei doch durchaus ›natürlich‹ (*Das* ist ein Hohlkopf! – Ich sprach auch nur noch zu dem leicht erröteten Deino); vor 120 Jahren malte F. seine ›junge Frau in der Morgensonne‹ (wir haben es oft genug in der Galerie in Alexandrien gesehen; und sie wendet dem Beschauer

den Rücken und trägt ein langes hochgeschlossenes Kleid und sie breitet ganz leicht die schmalen Hände aus den breiten Ärmeln); also *das* Thema einem Modernen gegeben! Und »Natürlich« – unter dieser Schutzmarke werden seit Menschengedenken die tollsten Unflätigkeiten begangen; sie zerren grinsend das Quermaul breit : »ist doch alles menschlich! –« Und stoßen sich wiehernd mit den Ellenbogen an! – Die Natur zeigt uns nicht vollkommen Schönes noch Weises noch Gutes; aber der Geist – um das Gespräch abzubrechen, fragte ich scherzend Mabsut, der sich eben am Feuer zu schaffen machte, nach seiner Meinung; als er verstanden hatte, spreizte er nur ausdrucksvoll abwehrende Hände und schritt rückwärts in die Nacht. Das ist noch unverdorbenes Empfinden. – Es bleibt immer interessant genug, wie sich da im wilden Westen, in Rom wieder einmal so ein Wolfsstaat (wie damals Sparta) brutal groß frißt. Platon, der kalte Narr, müßte seine helle Freude daran haben (was an Platon groß sein soll, habe ich nie verstehen können; gewiß, er schreibt manchmal elegant, aber seine Bücher sind auch oft voll seitenlanger stilistischer und philosophischer Plattheiten, wie man sie kaum einem Schulbuben verzeihen würde. Und dann als Krone diese wahnwitzige Utopie; mit ihrer Weiber- und Kindergemeinschaft und der nackten Staatsvergötzung : »während eines Krieges wird es niemandem erlaubt sein, sich den Küssen eines ausgezeichnet Braven zu entziehen« und noch hundert dergleichen empörende Abgeschmacktheiten. Es ist das Brevier für einen fanatischen unsterblichkeitssüchtigen Eunuchen, der eiskalt amüsiert über Millionen in geistigen Schlaf versenkter Heloten hingrinst). Aber, wie gesagt : Rom! – Allem geht der Staat vor; möglichst viel Kinder ›zeugen‹ (ein edel Wort, wie?); ja doch, Moloch braucht viel (und gegen den wird sittlich entrüstet Krieg geführt; außerdem gehört ja Sizilien strategisch dazu – »kein freier Staat könnte es länger dulden, daß ein asiatisches Fremdvolk in seinen natürlichen Lebensraum einbrach ...« Und in Sagunt findet man gar Silber!). Deswegen vom 5.–70. Jahr nur Männerbünde; hart müssen sie werden; auch die »Jungfrauen« werden in heiligen Gestüten zusammengefaßt. Kunst und Wissenschaft erreichen natürlich sofort nie gekannte Hochblüten (denn außerhalb der Landesgrenzen leben ja nur Krämer und Lemuren, höchstens als Haustiere zu dulden), »... denn heute gehört uns Roma, und morgen die ganze Welt ...«, so singen ja die Zehnjährigen bei ihren Marschübungen. Während jedes Quartalskrieges müssen dann auch die 100-jährigen Pfeilspitzen schmieden; und die Heldenmütter jauchzen, wenn sie die Nachricht erhalten, daß wieder einmal ein Sohn gefallen ist. (Tatsache : das hat mir Ae. selbst stolz erzählt! Es ist niemandem erlaubt, – ganz wörtlich wie Platon! – zu weinen oder kummervoll dreinzuschauen. Sie müssen sich sogar bekränzen, und fröhliche kriegerische Lieder erschallen lassen.) Und dann treten jeden Tag eigens ausgebildete ›Staatsredner‹ vor die Leute hin und reden sie als ›freiestes Volk‹ an; aufreizend rote Tücher bauschen sich, geschulte Chöre jubeln Heilrufe dazu – man befahl uns aufzulodern in männlichem Zorn – Und das Tollste ist : 90 von 100 Römern sind fest überzeugt, daß es nichts Besseres und Menschenwürdigeres und Freieres und – ach was ihr wollt gebe, als Rom!! – Widerlich, widerlich! – 2 Kamele sind krank; Verdauungsschwierigkeiten. –

10. Tag

(1590,55 ±4,06; es kann ja nicht stimmen; der Fehler muß schon viel größer sein! Ich hab' keine Lust mehr! –) Am Nachmittag zeigte Mabsut mir die letzte ihm bekannte Wegemarke; eine kleine Steinplatte auf einem flachen Felsenrücken zur Rechten. Ich fragte ihn nach dem Namen (um doch etwas zu sagen); und er murmelte ein paar seiner barbarischen Rauhlaute, drehte gleichmütig den Kopf.

11. Tag

(1786,86 ±5,18) Grauenhaft einförmig und ermüdend; wir mußten fast dreizehn Stunden gehen, um die 50 000 Schritte vollzumachen. Wir waren am Ende alle hundemüde; und ich setzte deswegen bei der kurzen Fehlerbesprechung durch, daß wir 1,12 Stadien als Schwankung in die Endzahl aufnahmen.

Deino hatte leichtes Fieber und war deshalb ganz wach und gesprächig – ich mußte ihm vom Nordrande des Pontos' erzählen und wurde selbst wieder erregt und klirrend dabei, wenn ich der ewigen Skythenkriege gedachte und der zerstörten Städte. Ihm ist diese Welt noch fest und zuverlässig; Besitz gut und unvergänglich; Kelainai seine Zuflucht. Ich dachte daran, wie ich, 2 Säckchen auf der Schulter, aus dem brennenden Tor der Heimatstadt geschritten war. (Futter in dem einen, alpha Lyrae in dem andren). – Das werde ich nie vergessen, wie ich zum letzten Male vor meinen Büchern stand und mich abwesend in den Räumen umsah; glücklicherweise war noch etwas Schnaps im Spind gewesen, und der Körper quälte mich nicht, ich fühlte ihn nicht, die leichte Last nicht, und auch der inferiore Teil des Geistes, der diesen schäbig umgehängten Leib beordert, war von mir getrennt. So konnte ich breitbeinig dastehen, die Hände in den grünen Manteltaschen (denn es war schwarz-weißer Winter draußen, und Naßluft schüttelte kurzstößig). Der Kopf schwebte im Raum. In dem es ganz still war. – Was will zischelndes Sandrascheln und der Mondtrümmer im Sterngesplitter? Schritte flüchten nach überall.

12. Tag

Nordwind mit Sandgewölk (klingt wie ein Menü); in den Schwaden huschen Schatten. – Ich habe fast 4 Stadien Fehler befohlen, weil ich während des größten Tagesteiles die Sonne nicht sah, und so die Südrichtung nur erahnte. Na; wir latschen halt drauflos; in Eratosthenes Namen. –

Wenn es der Menschheit nur bald gelänge, sich zu vernichten; ich fürchte zwar : es wird noch lange dauern, aber sie schaffen es bestimmt. Fliegen müßten sie auch können, damit man leichter Feuerbrände in die Städte werfen kann (ein schönes Bild : vielleicht ein bauchiger erzener Nachen, aus dem ein paar Gepanzerte höhnisch brennende Scheite schleudern, während man von unten mit heulenden Pfeilen nach den schuppigen Unholden zielt. Auch flammendes Öl könnte man gut aus stählernen Kannen gießen. Auch Gift. In Brunnen. Zur Nacht). Nun, sie werden's schon schaffen (wenn *mir* schon so viel einfällt!). Denn alles verkehrt sich ihnen ins Böse. Die Schrift : sie ist bestimmt, ewige Dichtungen oder Weisheit oder Erinnerungen aufzuzeichnen – sie aber schmieren Myriaden von Schundromanen und Hetzschriften. Was gerät ihnen flink aus Metallen? Schwerter und Pfeilspitzen. – Das Feuer? Schon qualmen Städte. Und auf der Agora drängen sich die Taschenspieler und Klopffechter, die Beutelschneider, Kuppler, Quacksalber und Huren. Und bestenfalls sind's noch Schwachköpfe, Gecken und hirnlose Brüller. Und jeder von all diesen ist selbstzufrieden, tut würdig, neigt sich höflich, bläht plump die Backen, schwingt die Hände, glotzt, schnattert, kräht. (Sie haben viele Worte : Lebenserfahren : ist einer, der genug kleine Schurkereien kennt. – Abgeschlossener Charakter : hat endlich alle Ideale verlernt. – Gewandtes Auftreten : frech und längst schon hängensreif.) Das sind die Kleinen; und die ›Großen‹ : jeden Staatsmann, Politiker, Redner; Fürsten, Feldherrn, Offizier erwürgt auf der Stelle, ehe er Zeit und Gelegenheit findet, auf Unkosten der Menschheit den Namen des ›Großen‹ zu erwerben. – Wer nur kann groß sein? Künstler und Wissenschaftler! Und sonst niemand! Und von ihnen ist der kleinste Ehrliche tausendmal größer als der große Xerxes. – Hätte ich von den Göttern 3 Wünsche frei, so wäre einer davon, sofort die Erde von der Menschheit zu befreien. Auch von den Tieren (sind auch schon zu böse). Die Pflanzen noch besser (außer den Insektenfressern) – Der Wind wird stärker.

13. Tag

(2152,04 ±11,12) Die geringste Leistung heut; 160 Stadien. Die Böen drehten sich aus allen Richtungen, und es war ein höllisches Torkeln. Außerdem wird der Sand immer feiner und ist ziemlich tief; da wird man schnell müde. Gegen Mittag ein paar haushohe rote Felsklötze.

Als wir am Abend (zum erstenmal ohne Feuer; das Holz wird knapp) träge an Ballen gelehnt saßen, kam Mabsut in unseren Kreis und wies mit vorsichtigen Worten darauf hin, daß wir zwar noch für 8 Tage Wasser hätten, aber – Pause. Dann begann er betont, daß man also ohne Gefahr höchstens noch 1 bis 2 Tage weiter nach Süden könne (höflich fügte er hinzu : wenn wir natürlich noch Wasser fänden ...). Ich übersetzte und schickte ihn weg; für Aemilianus schien die Umkehr eine Selbstverständlichkeit; und er schlug vor, sogleich mit den langwierigen Endbeobachtungen zu beginnen; wir müßten immerhin – 2000 Stadien – wenn man die früheren Messungen zugrundelege – etwa 4 Grad Breitenunterschied – ? Ich erwiderte kalt : »Wir gehen weiter.« Er schien es gar nicht anders erwartet zu haben (kennt er mich so gut?), runzelte nur leicht die (weiße!) Stirn, und begann von neuem (mit Nachsicht; wie man zu einem begabten, eigensinnigen Kinde spricht) die Umstände darzulegen. Stille. Wind strich rauschend über den kalten Abendsand. Ich versprach dem Wind : »Wir gehen weiter.« Im Nordosten wölbte sich, drängte sich neblig, wuchs hüglig, ein Lichtdunst über den klaren Horizont; bald würde der Mond aufgehen. Nach einer Weile erwiderte Aemilianus kalt : »Nun, du mußt ja schließlich vor Eratosthenes das Ergebnis verantworten.« – Er sah auf seine beherrschten Finger und fuhr ruhig fort : »ich jedenfalls werde nach diesen, von dem Nasamoner erwähnten 2 Tagen umkehren. Wahrscheinlich wohl mit den anderen, wie?«

Nachts

Ich habe mich nun entschlossen; mein Gepäck ist bereit. Die Bücher, ein Messer, ein Stück Brot (und eine Handvoll Süßdatteln) und den Schnapskrug (voll!) am Strick um die Schulter gehängt. Bogen und 3 Pfeile.

14. Tag

(Noch an derselben Stelle!) Gerade als wir aufbrechen wollten, staubte es leicht und goldig im Westen; schnell waren ihre Reitkamele! Es sind nur 4 Männer (und 2 davon alt), so hatte niemand Befürchtungen, aber 10 Kamele (6 für Proviant und Gerät, die Mabsut gleich nickend und neidisch musterte). Sie stiegen unverzüglich ab und schritten schön und würdevoll in unseren Halbkreis, blitzende Augen in den tiefbraun gefurchten Gesichtern; goldrote und schwarze Gewänder. Ich klatschte sogleich entzückt in die befehlenden Hände, und rief Mabsut zu, wieder abzuladen, was er, zuerst mürrisch, dann pfiffig lächelnd, mit dem anderen Schwarm vollzog. – Wir sitzen im Kreise.

Mittags

So. Hastig etwas gegessen. – Der eine, Alte, hat den Beinamen ›Beschar‹ d.h. ›Der Reisende‹, und er weiß viel von der Wüste (als ich den hohlen Berg andeutend erwähnte, warf er scharf den Kopf nach mir herum. Schon verschweigen wir also ein Gemeinsames. Sehr gut). Sie kommen weit aus dem Westen, seit 9 Tagen unterwegs, und wollen nach dem Ammonium, aber zuerst über einen anderen Platz, den er Dscha-lu oder ähnlich nannte. In unserer Richtung weiß er nur noch, daß nach etwa 2 Tagereisen eine öde Bergwildnis beginnen mag, mit heißem düsteren Gestein, und dann? er zuckte die Achseln; die Wüste geht weit in die Unendlichkeit (ah, wie ich die Fäuste krampfe vor Eifer : unendlich! Und nur immer wieder das Sandmeer und schwarzes Geklipp, wie Treppen der Hölle; unendlich und Einsamkeit – ich hieb die Faust in den Sand; ich versprach der Unendlichkeit : »Ich gehe weiter!«) –

Nachmittag

Wir haben ein lustiges Bogenschießen abgehalten. – Halt : erst etwas anderes! Ich fragte Beschar immer weiter, und er sagte, einmal, vor vielen Monden, sei er selbst bis in die ersten Ausläufer jenes Berglandes verschlagen worden, und es wohnten ›Dschinnen‹ dort. Wenige. Dschinnen. – Er (auch sein Begleiter) haben Spuren gesehen; den linken Fuß eines Mannes und daneben den Abdruck einer riesigen Vogelkralle. Er lächelte erhaben und listig und sah mich an. Der Silberbart ruhte auf seiner breiten Brust und spann sich über den schimmernden Gürtel; weit floß das Gewand in feuerfarbenen Falten, unter deren goldumranktem Saum ein durchbrochener gebogener Spitzschuh hervorsah. – (Er verwandte kein Auge von mir; mag wohl mein Gesicht unverhohlen gewesen sein. Ich neigte mich oft, und er winkte lächelnd und langsam mit der reichberingten Hand. – Schmuck ist doch wohl schön.) – Bogenschießen : Mabsut trieb einen Pfahl in den Sand (er hielt natürlich nicht; so baute er Steintrümmer herum), stellte einen dunklen hölzernen Becher darauf, huschte weg. Selbst auf 60 Schritte trafen ihn nur 4 : 2 der Fremdlinge (Beschar und einer der anderen mit kohlschwarzem keilförmigem Bart und glühenden Augen), Deino (aber wohl aus Versehen) und ich. (Mein alter Bogen war geschmeidig und im besten Zustand und meine Hand sicher – ah!) Auf 100 Schritt schoß ich ihn mit dem ersten Pfeil, der zweite saß einen Fingerbreit tiefer im Pfahl (das Holz splitterte von der Wucht nach oben auseinander und hob den Becher schräg an), der dritte durchschlug den gewölbten Rand des Gefäßes und flog pfeifend weiter. – 150 Schritte : es war zu weit. (Bei Windstille wäre vielleicht noch eine Möglichkeit gewesen.) Die ersten beiden gingen vorbei, der dritte stieß den Becher so, daß er herabfiel. Beschar aber hob die Hand in den Wind, dann legte er einen dunklen Pfeil mit schlanker silberner Spitze auf, zog an und schoß, daß das edle Metall die rissige Höhlung wie ein Blitz spaltete. Dann ergriff er meine Hand und sprach gütige Worte; wie er sich freue, daß so seltene Schützen ins Sandmeer zögen (einen seiner Pfeile hat er mir geschenkt). Seine Gefährten hatten lautlos ein schwarzes Zelt entfaltet; drinnen fragte er mich, was wir hier täten; lächelte und runzelte die Stirn. Ich verschwieg ihm wenig. Am Abend bin ich ins Zelt geladen.

Kurz zuvor

Ich hatte mich in dem klaren und windigen Nachmittagsgold eine Stunde in den Schatten des Zeltes gelegt und war sogleich eingeschlafen. Ich schlug die Traumaugen auf und befand mich an Bord eines Schiffes; als ich über die metallene Reling sah, deckte ein schwerer Nebel das nächtige Wasser, so daß nur dicht an der Schiffswand die kleinen kalten Wellen sichtbar dahinstrichen. Ich stolperte im leichten Wiegen des Decks durch das Gewirr von Taurollen und eisernen Winden auf die Kajüte zu und sah durchs Fenster hinein, wo auf dem Tisch eine alte Karte lag; der Kapitän lehnte darüber und maß mit gezähnten messingnen Scheiben und Dreiecken, daß ich kein Auge von ihm wendete. Eine klare traurige Stimme begann neben mir zu murmeln, schwand, sprach, schwieg; ich merkte mir nur den Namen des Schiffes ›Uatzinta‹ und wandte mich wieder zur See. Der Nebel hatte sich etwas gehoben, und ich sah, daß wir durch enge Kanäle flossen, weit mochte sich umher ein flaches trübes Sumpfdelta hinziehen (nur einmal glitt rasch ein Streifchen reinlichen Kieselufers vorbei). Ab und zu kamen schon halbverfallene Hütten; schwere Steinränder, aber grün schlüpfrig und naß, begannen die schlaff gluckenden tiefen Wasseradern zu säumen; vereinsamte Häuser erschienen, düster und feucht gefleckt; Aschtonnen, Abfallhalden und öde Baugruben der rußigen Vorstädte, eine häßliche gerade Brücke hallte hastig und tonlos dicht oben und war ein trübes rattiges Tor. Bei Speichern und feuchten Kohlenlagern stierten Mietskasernen aus schwarzen Fenstern, Kinder spielten langsam im Müll der Höfe, Weiber keiften. Wir standen mürrisch unruhig an Deck und wurden unaufhaltsam vorbei geführt; höher wurden die Häuserblocks, Kähne schlappten am algigen Bollwerk; dann glitten wir in ein mäßiges Becken, und das Schiff legte sich selbst längsseits der niedrigen Mauer an dem weiten Platz; ein einzelner Beamter warf uns mit fiebrig zuckenden Händen ein rotes Tau zu, schlang es um die platten Pollerköpfe; zickzackte fort, geduckt; nichts weiter. Wir waren nun alle an Deck und sahen verstört das Treiben der Riesenstadt. An dem kahlen Platz uns gegenüber ragte ein gigantisches Bauwerk; über die ganze Front wallte leicht schwebend ein Vorhang aus feuerfarbener Seide, die mit mannshohen rostbraunen Blockbuchstaben bedruckt war und grelle Vergnügungen pries. Volk strömte geschäftig, grau näßte die Regenluft; manchmal sah einer flüchtig zu uns herüber. Mädchen mit Schultertüchern riefen uns locker an (gelbe Ratten fuhren da durchs Wasser mit glasigen Schwimmhäuten), auch Gegenstände warf man herüber, Döschen mit Nichtigkeiten, Zettel, ein dickes blutrot gebundenes Buch (das ich an mich nahm! Ein Buch!). Es polterte in der Kajüte, der Kapitän sprang die wenigen Stufen herauf, legte die Hand vor die Brust und rief halblaut : »Wehe uns! Wir sind verloren; denn dies ist Weilaghiri, die Höllenstadt! Keiner verlasse das Schiff, denn am Land seid ihr in entsetzlicher Gefahr; werft auch alle diese Geschenke fort.« (Und fortan sollten stets zwei Mann, einer am Bug, der andre am Heck, wachen und rufen : »Gedenket der Götter! Haltet böse Gedanken fern!«) Und während er wieder hinab eilte, weiter in den alten Büchern Bericht und Rat für ein Entkommen zu finden, sahen wir mit dumpfem Wundern, wie – es mochte wohl Mittag sein – auf der höchsten Spitze eines fernen Turmhauses ein wüster Riese erschien, in rotem Gewand, kupferne Hämmer in den Fäusten, die er an eine dröhnende Scheibe hieb. Da hielten alle wirbelnden Bürger still, sahen aufmerksam hinauf und brachen dann in ein schmerzliches und grelles Wildlachen aus, daß wir schauernd die Brauen und Schultern zogen. War das ihr Gottesdienst? – So lagen wir tagelang und warteten und sahen das Treiben, da ging unser Trinkwasser aus. Und nun *mußte* einer hinein in die Stadt, ich meldete mich. Der Kapitän zog mich in sein Zimmer und gab mir einen weiten Umhang, rot von außen, rauchblau die Innenseite. Wenn ich ihn rot trug, glich ich einem Bewohner der schlimmen Orte; gewendet machte er den Träger unsichtbar, nicht ungehört. Ich bereitete zwei schlanke Amphoren, mir an Stricken um die Schultern zu hängen, und in der nächsten Nacht, als der Mond grünlich in einen bleichen Nebel stierte, sprang ich hinüber. Und ging nun jeden Abend durch die Straßen und Gassen; sah die grellen Lichter der Schaufenster und die lärmenden Spelunken, sah Verbrechen und Laster, tausend Gesichter, zehntausend Gesichter, hunderttausend. Hier war immer Herbst. Öde die Vorstädte; schiefe Zäune faulten um graue Felder. Ich schlürfte in die Torwege und plauderte schlaff mit bummelnden Burschen und mageren Frauen mit schäbigen Einkaufstaschen. Vor einer Kneipe hockte eine billige Statue : der Fiebergott, mit dem Fuchsgesicht, dem Bündel roter Pfeile vor der Brust. Höker gafften fett aus schmierigen Regalen; Feuer kam, Krankheit und Krieg, oh Weilaghiri. – Ich erwachte, versank wieder halb und erfuhr noch dämmernd, daß sich einer der Mannschaft opfern müsse; vor dem Rathause der Stadt stünden erzene Bilder von Raubtieren, im Rachen des einen läge ein Pergament, das uns den Rückweg angäbe. Aber der metallene Schlund zerknirsche dem Mutigen die Hand, und während das Schiff ablege und vorm Winde davon triebe, würde jener in höhnendem Zuge zurückgeführt und unter scheußlichen Qualen hingeschlachtet. Bereue er da seine Opfertat, so werde auch das Schiff noch von herabstürzendem Feuer verzehrt. Ein junger Matrose fand sich; wir fuhren hastig zurück; einmal fiel fern Geflamme herab : aber wir waren wohl schon zu weit – siehe, da stand die Wüstensonne fern vor mir Aufspringendem, schon dicht über dem Horizont. Ich traf Beschar und erzählte ihm. Er hörte zu. Aemilianus kam heran und fragte : »Soll ich die Endbeobachtungen machen? Es wird wohl Zeit –« Ich rief hastig über die Schulter : »Wir gehen weiter.« – Nun richte ich mich für den Abend her (›schön‹ machen).

Jetzt

Lockige Feuer in der klaren Nacht; die Flammen sprudeln still. Und emsig wirbelt mein Herz; was wird mir noch begegnen? (Ich habe einen winzigen Schluck getrunken und in die Sterne gesehen, Kopf im Nacken, oh – als ich jung war : In weißer Nacht schwimmen Wolken am Himmel, »Heil Luna« rufen lustige Zecher. Die dunklen Gassen, sie schwanken vor ihnen, zu Schlangenwegen gemacht vom Becher. In träumenden Gärten quillt kühler Flieder, sie streicheln die Bärte, sie schmunzeln und irren. Aus Ebenholzwolken mit silbernen Rändern sehen sie lautlos Sternschnuppen schwirren. – Selige Silberbläue, ewig bin ich dein!) Stirnrunzeln. Wegschütteln, sie warten sicher schon im Zelt.

Zelt

(Innen ist es ganz hellrot gefüttert, mit reichen goldenen Ranken drauf. Die schöne Luft; man taucht lächelnd in die goldige Überhelle.) Verneigungen, ein heißes Getränk in biegsamem Silberbecher. Wir ruhen auf runden Polstern. Beschar scheint gesprächig, denn er bildet gar viel einleitende Worte. Pause. – Er beginnt; endlich, langsam (es ist ja auch lange her? – oh : 100 Jahre!) : Ein Prinz (gut; da ist man schön und biegsam jung und märchenschlank); und ein mißtrauisch harter Vater, der einen (natürlich ungerechten!) Krieg verliert. Da bricht der Feind ins Land, zehntausend bärtige Reiter sprengen im Mäntelgeflatter heran; böse Augen drohen in alle Zimmer. Stolpernde Kinder ducken sich schreiend ins Faltengebläh der Portieren. Und Flammengerten schlagen das zerknallende Wandgetäfel (ich schlucke Bitterkeit : brannten da nicht auch Bücher? Und er nickt unerbittlich : auch Bücher!!). In den vertrockneten Brunnenschalen schwebt Qualm, Glutflächen glotzen aus jedem Raum, rotkörniger Nebel schleicht ein – all dies war weit von hier im Westen. (*Und* im Osten, *und* im Norden, *und* im Süden – oh, ich weiß, ich weiß!) Von einem Hügel sieht der Prinz die flache flaumige Rauchblase über der Stadt, federgrau mit roten und schwarzen Adern. Auch sein Pferd blutet am Hals; da füllt er noch einmal verstörten Mundes den Wasserschlauch in der Felsenkluft, schnallt ihn hinter den Sattel und reitet im Schritt in die Nacht. Nach Südosten (nickt Beschar mir zu und reicht mir den Silberbecher : klar und feurig rollt das Getränk in mich). – Da war nichts als Sand und Geröll; glasige Goldhitze sank aus dem Sonnenloch, feuerflockige Luft keuchte am dörrenden Mundsaum. Am zweiten Tage trieb er den Rappen zurück, warf sich den schon halb eingefallenen Schlauch über die Schulter und schlürfte weiter in den grün verdämmernden Abend. Mond flog auf, die schmale Silberschwalbe, in den Samt der Nacht; schweigend tanzten die strengen Sterngeister um den Fröstelnden. Da das Wasser an einem Vormittag ausging, sah er dicht vor sich die rötlich und dunkle Steilkante eines Hochlandes. Als er durch Felsengewirr sich bis an ihren Fuß gearbeitet hatte, sah er bestürzt die wilden Mauern unabsehbar nach beiden Seiten laufen; Geröllhalden körnten blockig vor; lange Schatten hingen verrenkt im schweigenden Geklüft; himmelhoch neigte sich die Wand über den Zurücktaumelnden. Als er nach Stunden ihren Anblick ertrug, begann er den Anstieg; in Spalten, ohne Schuhe, daß sein Fuß Steine umklammere. Zerbrachen die Nägel; die Haut der Hände zerriß; nach Stunden hing er noch in der Mitte der Wand. Die feuchte Stirn sank ihm ans Gestein. Sein Herz glockte hohl und lose unter ihm; dann stieß er den Dolch in den nächsten Felsenriß, der fein wie ein Frauenhaar

über ihm lief, und zog sich weiter. Gegen Abend verfärbte sich das Schattenvolk und dehnte kaltblaue Gleiteglieder; die Wand errötete in grauser Zärtlichkeit; Kälte hauchte seufzend und fremd aus der unnahbaren Höhe. Als die Dunkelheit sank, zerrte er sich über den Rand und blieb auf Händen und Knien liegen. Eisblauer Nachttau deckte kristallmaskig sein Gesicht; stundenlang. Als er wieder den Kopf hob, sah er im Lichte des wachsenden Mondes, der seinen Schatten winzig vor ihn warf, ein weites schier ebenes leeres Hochland. Nur fern, ihm gegenüber, schien ein schimmernder Streif den Horizont zu begrenzen. Erfrischt von Kälte und Feuchte erhob er sich und schritt dem Scheine zu. Gegen Mitternacht war er schon nahe der Stadt, die hell und leer vor ihm lag. Offen das Silbergitter des Tores, er ging wie auf Fußspitzen in den breiten schönen Straßen. Stille wehte aus den hufeisenbogigen Pforten schimmernder Paläste; in leeren Höfen, windigen Höfen, fiel flatterndes Wasser klatschend in Brunnenschalen; über die Plätze rief einförmig der Wind in der Mondstarre. – Ich sprang auf; ich fragte heiser und beherrscht : »Er war immer nach Südosten gegangen?« Beschar hob verwundert aber verstehend die Brauen und strich langsam sein Kleid – »nach Südosten –« sprach er langsam und zerstreut »– ja –« und lächelte spöttisch und abwesend; da neigte ich mich rasch, für einen Augenblick Zeit erbittend, und sprang hinaus.
Draußen glänzte alles, selbst ein Stück Mensch, ich stand wie in einem blauen Stein : so fremd war die Nacht. Ich lief leichtfüßig zu meinem Bündel, zog die Amphora heraus und hob sie mit beiden Händen in die Sternensaat; dunkel und klangvoll schnalzte der Gaukeltrank, wogte mir kalt in den Mund, silberschwarz und glatt im Mondlicht. Ich wollte zu lächeln anheben, grundlos und weise – da sprach es unweit, und mein Gesicht erstarrte vor Ekel ob der Stimme. Aber als ich grollend hinübersah, siegte gar der Zorn; denn – richtig : Aemilianus hatte die Dreifüße und Röhren aufgebaut, machte die Endbeobachtungen, und Deinokrates half ihm dabei. Oh, ihr Hunde! Sie sahen mich und zauderten kaum

merklich; dann sprach der (auf dem Rücken liegende) lateinische Patriot affektiert kalt weiter : »4 Grad, 2 Minuten –« – da war ich mit ein paar Sätzen bei ihnen. Ich trat dem Reptil die Röhre ins Gesicht, daß sie sich bog, und zerbrach das schwere Gerüst mit einem Armschlage. Er rollte sich zurück und sprang auf mit weißem Gesicht, zur Maske gebogen vor Wut. Hätte er mich doch angesprungen; er hätte keine Minute überlebt, obwohl der Stilus in seiner Faust lag, aber Deinokrates hing ihm schon an Arm und Nacken und rief auf ihn ein. Er wurde auch sofort wieder ruhig, barg die Wachstafel im Busen; und sagte eisig zu D. : »– natürlich hast Du recht!« und wandte sich zu Mabsut und den anderen, die durch den Lärm erwacht, herbeigekommen waren. »Garan ateidji sumruk – wir wollen uns fertig machen –« siehe da! Auch nasamonisch spricht der Bube!

3 Stunden später (Allein)

Nur ganz kurz : ich strich mir die Stirn und wollte zurück (ins Zelt), da sah ich, daß einige der ›Unsrigen‹ sich an Beschars Eigentum vergreifen wollten und schon an den Packsätteln tasteten. (Es waren ja nur 4 Mann, nicht wahr?!) Ich rief die Fremden heraus, schlug Mabsut, dem Schamlosen, die Faust in die Fratze, daß die dürre Katze torkelte, und half ihnen beim Beladen. Doch ließen wir die Bogen nicht aus der Hand; und das half. Kurz bevor die Sonne aufging, sprangen sie auf die schlanken Reittiere; weit begann Beschars Mantel zu rauschen wie dunkle Fittiche, die Augen glühten mich an. Dann warf er den Arm in die Luft, stieß einen tiefen hallenden Schrei aus und sprang an die Spitze der Davonstiebenden. – Noch sah ich ihre Gewänder morgenrotgesäumt, da saßen auch drüben die im Sattel. Im Viertelkreis um mich her. 30 Schritte Abstand. In ihrer Mitte hielt Aemilianus, der neue Herr, mit Lump Mabsut und dem Kind Deino halb hinter sich (symbolisch!). Er führte ein leeres Kamel am Halfter und sprach mich an (geschäftsmäßig, ruhig) : »Wir kehren zurück; die Gründe weißt Du. Da Du nicht mehr fähig bist, den Meßtrupp zu führen, habe ich nunmehr die Leitung verantwortlich übernommen. Ich ordne deshalb an, daß Du dieses Kamel besteigest und mir (›MIR!!‹ nicht etwa ›uns!‹) folgst.« Also sprach Aemilianus. 30 Schritte. Da schob ich den Bogen zwischen die Schenkel, krümmte ihn langsam, hängte die Sehne ein und prüfte sie mit dem Finger : das klang wie helles Vogelzwitschern. Und als ich den Kopf hob, siehe : da waren es 50 Schritte geworden. Und ich sog die Brust voll Luft und befahl : »Absteigen! Wir gehen weiter nach Süden!« – Da zuckte Aemilianus lachend den Kopf über die Schulter zurück nach Mabsut, und auch jener grinste amüsiert. Der neue Leiter warf verächtlich die markige Römerhand in die Luft und rief, indem er den Kopf seines Tieres nach Norden drückte : »Krepier, versoffnes Griechenschwein!« Langsam schritt die Karawane davon. Ich wählte Beschars Pfeil; da verstummte der Wind. Noch einmal hielten die Brüderlichen, genießerisch lässig gelehnt; und es waren nun 150 Schritt. Da zog ich die Sehne an, an, durch, bis zur Brust, an – und ließ los! Er wandte just wieder das Haupt, gewiß formte sein Mund einen neuen gelungeneren Satz, lächelte er nicht höhnisch? – Da fuhr seine Hand zur Gurgel; er taumelte, wankte im Sattel und ich sah, wie aus dem Genick blinkend die Silberspitze hervordrang. – Mabsut fing ihn im Niedergleiten, drosch mit der freien Hand auf die Tiere; sie verschwanden im Sandmeer. –

Allein (und Vormittag, ach!)

Allein! Allein!! – Ich möchte eine Hymne singen. Ich bin so glücklich. (Auch Helios ist allein, oben im Seidenblau. Wie wird er lachend am gebogenen Bugschnabel seines Nachens stehen, übermütig; und selig langsam dahingewiegt. Und hinter ihm, auf den ebenen Goldplanken, werden auch Schriftrollen liegen, denn es gibt keine Seligkeit ohne Bücher!) Und da sind sie alle 5 in ihren wasserdichten Überzügen : Die Zahlentafel, die unterirdische Reise, der traurige Ritter, die Felseninsel, und der Auswahlband mit dem Wassergeist, der Vogelscheuche, der goldenen Amphora, dem Agathodämon und der 4-fachen Mandragora. Brot; Datteln; das macht alles ein leichtes Säckchen. Der Krug am Strick; ah, er flutet noch fast voll. Der Dolch kommt in den Gürtel. –

1 Stunde später
Als ich aufbrechen wollte, blieb nur der Bogen. Ich hatte noch einen letzten Pfeil; über den sprach ich einen Fluch und sandte den Pfeifenden nordwärts, den Hunden nach. Den Bogen zerbrach ich, die Stücke stieß ich in den Boden. Dann ging ich eilig eine Stunde südwärts, daß mich niemand mehr fände; und schon nach 100 Schritten begann sich der Sand vor mir leicht zu kräuseln, Wirbel stiegen lockig auf, Schleier wallten mattgelb und staubstumpf. Ich hob den Mantelzipfel vor den Mund, und entschwand den Menschen. Nun liege ich an einem Felsblock; immer dichter mischen sich Luft und Sand : – ein tiefer Schlaf –
Abend
Ich schlug die schöne schwere Sanddecke zur Seite und sprang in die seidengelbe Abendklarheit. Kühler Wind ging nah vorbei wie ein schlanker Knabe mit Sternen in den Händen; muß nicht auch bald der Mond voll sein? Nun, es ist Zeit zu wandern. Nach Süden.
Morgen
Ich lief die ganze Nacht, und muß eine gute Strecke zurückgelegt haben. Heller Mondschein. Zuweilen fiel ein Sternfunken; bläulich flimmerten sie alle. – Ich fühle zum erstenmal Durst (ist aber noch erträglich, dadurch daß ich nachts gehe, komme ich noch ein Stück weiter). – Es ist sehr schwer zu schätzen, wie weit das Hochland noch weg ist. Beschar sagte nur, der Prinz kam von »weit aus dem Westen« und ging nach »Südosten«. Demnach muß ich die Felswand erreichen, wenn ich nach Süden vorstoße. Ganz klar. – Aber wann. Und an welcher Stelle? – Schlafen. – Gegen Mittag erwachte ich; vor Durst. (Ich hatte sogar schon geträumt, daß ich vergeblich versuchte, aus einem Aquaedukt zu trinken –) ich runzelte die Stirn und schlief wieder ein.
Abend
Kalt; ich habe einen Schluck getrunken. Schön. – Läuft sich gut in der Kälte. Lange hinter Mitternacht wurde der Boden härter; Fels. Hallschritt. Hochmond. Schlangenwege zwischen einzelnen Blöcken.

Sonnenaufgang
Ich sehe es! Ich sehe es! – Etwa 40 Stadien von mir beginnt ein Gewirr von dunklen Hügeln, Riffe und Steinkämme, Kuppen, lange Rücken. Das muß das Vorland sein (vielleicht sollte ich doch mehr nach Südwesten halten?). – Ich wollte eigentlich erst bis in diese nächsten Ausläufer hin, aber mich überkam plötzlich eine tiefe rote Schwäche. Und mein Felssitz wogte mich weit und langsam wie eine Schaukel. Mir ist auch wohl heiß und töricht; verdammt. – Muß erst schlafen.
Mittag
Das hat keinen Sinn; ich will mir nichts vormachen : ich habe Fieber! Wie das ungelegen kommt! Ich bin andauernd wach geworden; heiß und eiskalt, immer abwechselnd. Und der verfluchte Durst. Ich werde mich in der nächsten Fieberpause anständig volllaufen lassen, und das Quantum wird hoffentlich die paar Stadien bis hin vorhalten. – Erst noch ein bißchen schaukeln. – so – verdammt! Jetzt ist's genug! Auf geht's! (Zur Silberstadt. Wo die kalten Brunnen rauschen – ach.)
Die Dunkelheit kommt
Der Weg war doch wohl länger, als ich geschätzt hatte (oder war ich schon so hin?). – Jedenfalls bin ich fast 6 Stunden mühselig gegangen. Allerdings schon ein Stück in das wilde Geklipp eingedrungen. Seltsames Land; fast senkrecht heben sich die schwarzen Wände (aber nicht sehr hoch; 3 bis 4 Mannslängen meist); bilden tiefe Pässe und Gänge, manchmal schier runde Plätze, und überall ist hellster Sand eingeweht. – Es scheint heute zur Nacht nicht kühler zu werden; die Luft ist heiß und klar wie zuvor. Will warten, bis der Mond kommt.
Mondzeit
Ganz bräunlich und golden ist alles. Und die schwarzen Zaubergassen. – Wenn ich nur gesund wäre (das heißt, ich bin ganz klar, nur der Kopf ist wie isoliert vom Körper. Er gehorcht kaum. Schmerzen gar keine). Jedenfalls muß ich weiter. – Ich habe noch ein wenig ins schöne hitzig schwelende Licht gesehen, und drei

tiefe Züge getan. Ach war das kalt und heiß zugleich (es ist auch nicht mehr allzuviel drin; die Silberstadt möchte bald kommen). –

Im Sand

Plötzlich wurde das Licht noch heller und schöner, und das Blut klingelte heiter durch alle Adern. Ich sprang leicht auf und ging eilig tief in die wunderlich verworrenen Gänge hinein. – Natürlich immer nach Süden, mit einer kleinen Schwenkung schon nach Westen. Es war fast taghell, nur daß man sicher nicht so weit schauen konnte; und der Sand knisterte in der warmen Nacht. Ich hätte es beinahe nicht gesehen, aber die Schattenspur lief ganz gerade quer über den hellen leeren Platz. Mein Herz schlug hart und dann nicht mehr; ich lief schnell hin : da war es der Fuß eines Mannes, deutlich erkennbar, in einem schmalen Schuh mit schönschuppiger Sohle; aber der nächste Abdruck (und ich atmete tief und tiefer) war der einer mächtigen starkzehigen Vogelkralle, und so lief die Spur hin : Fuß – Kralle, Fuß – Kralle. 10 Schritte vor der Felswand verschwand die Spur ebenso unvermittelt, wie sie angefangen hatte. Ich ging an ihr ein paarmal auf und ab. – Wenn der Dämon nur bald käme; noch bin ich scharfsinnig und voll Feuer; ich breitete die Arme, ich rief : »Ho!«. Ich wartete; ich hätte tanzen mögen im Goldlicht : »Ho!« – (Ich habe mich an die Felswand gesetzt; noch trage ich den Kopf im Nacken) – »Ho!« –

Gegen Morgen

Da vergingen mir die Sinne. Mir ist nicht gut. Und der Mond steht wie eine Kupferlampe hinter mir auf den Felsen. Jetzt ist's kalt. Kalt. –

Da!!

Da ist er an der Felskante! Ein blasses starres Gesicht! – Die Amphora her! –

Er ist fort

Will. schnell. schreiben. Die Schnabelnase blieb stumm; ich grüßte ihn mit Haupt und Hand (konnt nimmer aufstehn) und rief : »Wie weit noch zur Silberstadt?« Er gluckte kurz und musterte mich kalt. »Und weiter dann«, sprach ich mühselig, »zu den Welträndern ins

Menschenlose?!« Und das Fieber schlug mich hin und her. Er lachte gurrend und interessiert und schob sich höher über die Schwarzbrüstung; da trug er ein glutbraunes Kleid, ein rauschender Flügel schlug hoch und klemmte sich fest über den Stein. »Woher?« schnarrte er rabig, und mir fiel es ein : »Weilaghiri!«; er nickte überlegen, und ließ die euligen Augen wachsam schnell durch den Sternenkreis fahren. Knackte Nüsse. (Schnell. Mein Kopf sank schon einmal. Hoch damit!) Er sah die Bücher; kam fittigbrausend herab. Er trägt einen gebogenen durchbrochenen Silberschuh, den sah ich schon einmal. Er fragte : »Wo ist mein Pfeil?« Ich lachte böse und lautlos (meine Hände lagen im Sand, gingen mich nichts mehr an). »Aemilianus?« fragte er beunruhigt, und nickte dann zufrieden. Er hob lauernd den Kopf : »Du hassest die Römer?« Ich blähte den Mund, ich schrie wisprig : »Ich fluche allem Gemensch!« Da lachte er kekkernd und tanzend, schlug brausend in die Flügel. Ein Sandturm stieg auf; er verschwand im Sandturm. –

Muß wohl Mittag sein

Ein goldener Bohrer fährt aus der Sonne. Kreisig und leer. Alles rundum; leer. Es sind auch gar keine Spuren im Höllensand. Ich schwinde.

Der Mittag geht. –

Die Dämmrung geht.

Der Abend. Voller Feuer –

Es rauschte über mir

Er fragte eilig : »Du lebst doch noch?!« Ich sah ihn an, fest, müde. »Fliegen«, wollte ich. Er winkte feierlich im Silberbart, er beugte sich zu mir : »Du mußt aber selbst kommen – !« meinte er mitleidig und zögernd; schritt über den Platz, blieb an der Felsecke stehen und wartete. Undurchdringlich. –

Ich wollte die Finger heben; sie waren reglos. Die Füße : fühlte ich nicht. Ich sammelte keuchend allen Willen; Sterne hoben sich, silberne Schwimmer im Abendmeer, tauchten, wogten, selig. Und kühl. Ich riß die Rechte vor die röchelnde Brust; die Linke schlug wie ein hohler Stein meinen Schoß. Zum Krug : der murmelnde

Urnenmund neigte sich über mich, und ich trank. Trank. (Menschen aus Dreck und Lehm; zu mir mischten sich Eis und Feuer) – Er winkte huldvoll und ruckend. Und ich steige leicht *empor* …

Dies schreibt Eratosthenes von Kyrene :
Mabsut führte die Karawane zurück. Aemilianus starb am nächsten Tage (im Interesse der allgemeingriechischen Sache wohl nicht ganz unerwünscht). – Wie recht ich mit meiner Beurteilung des Philostratos hatte, zeigt zur Genüge dies sein Tagebuch, das ich einen Monat später anläßlich meiner erneuten großen Gradmessung in jenem Hügelgewirr fand. – Er war ein langer kräftiger Mann von mittlerem Alter, mit blauen Augen und welligem blondem Haar. Bezeichnend für seine ganze Art war, daß er bei unleugbar großem Scharfsinn und sehr vielseitiger Begabung, dennoch phantastisch und schwärmerisch blieb, wie man es zuweilen bei seltenen Jünglingen findet. Den besten Beweis hierfür gibt die Aufzählung seiner Lieblingsbücher. Sein Urteil über mich ist unerheblich; die Nachwelt mag entscheiden. – Die letzten Fieberträume des Sterbenden scheinen einer realen Unterlage nicht völlig zu entbehren; als wir die Scherben der Amphora untersuchten – von ihm selbst und seinen Büchern fehlte seltsamerweise jede Spur – flogen in großer Höhe zwei riesige Vögel über uns hinweg.

Inhalt